Елена Бахтина

Книга Звёзд

Часть 2

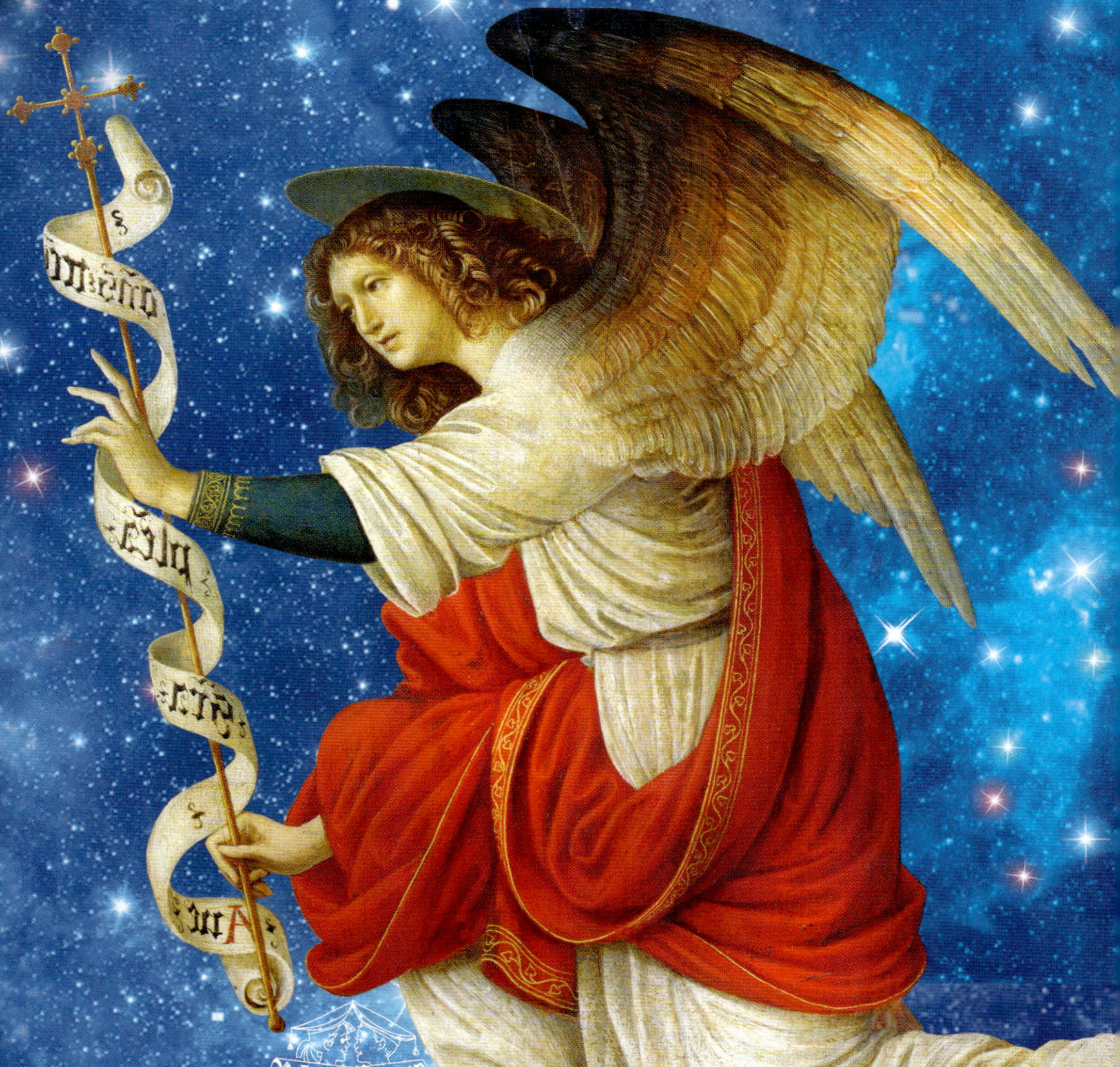

УДК 52
ББК 22.6г
Б30

Художник

Виктор Нечитайло

Бахтина Е.Н.
Б30 «Книга Звёзд»: в 2 частях. Книга для чтения взрослыми детям.
М., «Школа Гениев» - 2016 – часть 2. – 168 с.ил. – (Уроки «Школы Гениев»)

ISBN 978-5-902726-11-1
ISBN 978-5-902726-10-4(ч.2)

УДК 52
ББК 22.6г

Звёздное небо вокруг Земли разделено на 88 созвездий. Их именам посвящены увлекательные истории этой книги.

Второе издание (первое издание вышло в 1997 г.) значительно обновлено.

Рецензенты:

Бахтин А.А., магистр искусств Российской Академии Театрального Искусства (ГИТИС); кандидат искусствоведения.

Раскина Е.Ю., доктор филологических наук, профессор Международного гуманитарно-лингвистического института (МГЛИ, Москва), лауреат Всероссийской литературной премии им. Н.С. Гумилева.

НАШИ ПАРТНЁРЫ:

ISBN 978-5-902726-11-1
ISBN 978-5-902726-10-4(ч.2)

© Текст Е.Н. Бахтина, 1997 г.
© Текст Е.Н. Бахтина, 2016 г.
© Принципиальный макет.
ООО «Школа Гениев», 2016 г.
© ООО «Школа Гениев», 2016 г.

Часы

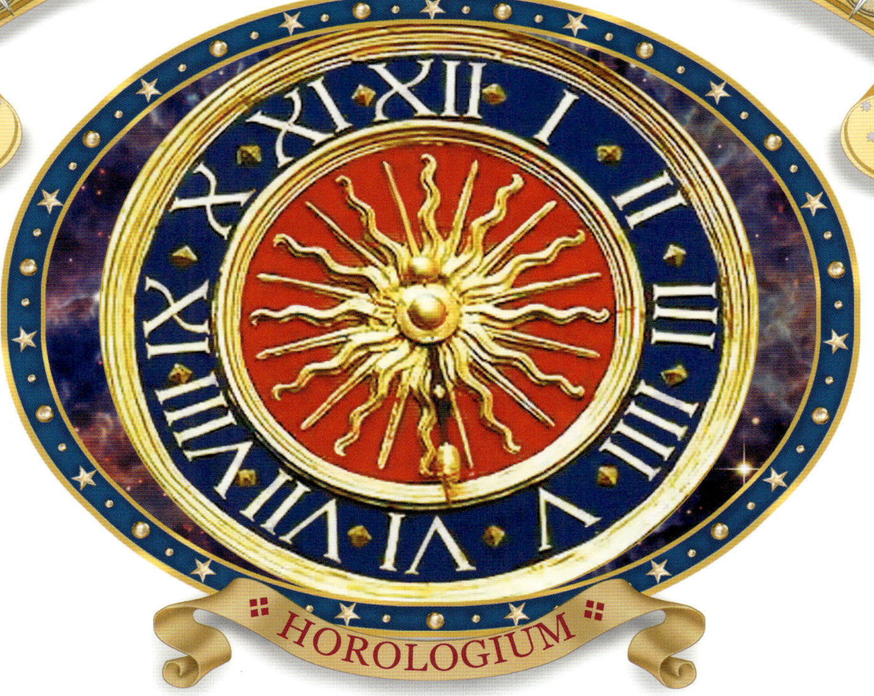
HOROLOGIUM

Часы (по-древнегречески Оры) – дочери великого бога Зевса и богини правосудия Фемиды сначала следили за порядком в природе и обеспечивали регулярный приход весны, лета, осени, зимы.

Затем они стали наблюдать не только за сменой времён года, но и за исполнением законов у людей. Главной же обязанностью Часов оставалось каждое утро открывать двери богу Солнца, когда он выезжал на своей огненной колеснице, а также отмерять день.

Часы – самые медлительные богини. Чередуясь одна за другой, не оспаривая и не захватывая друг у друга прав, следят они за ходом времени.

HOROLOGIUM
1261

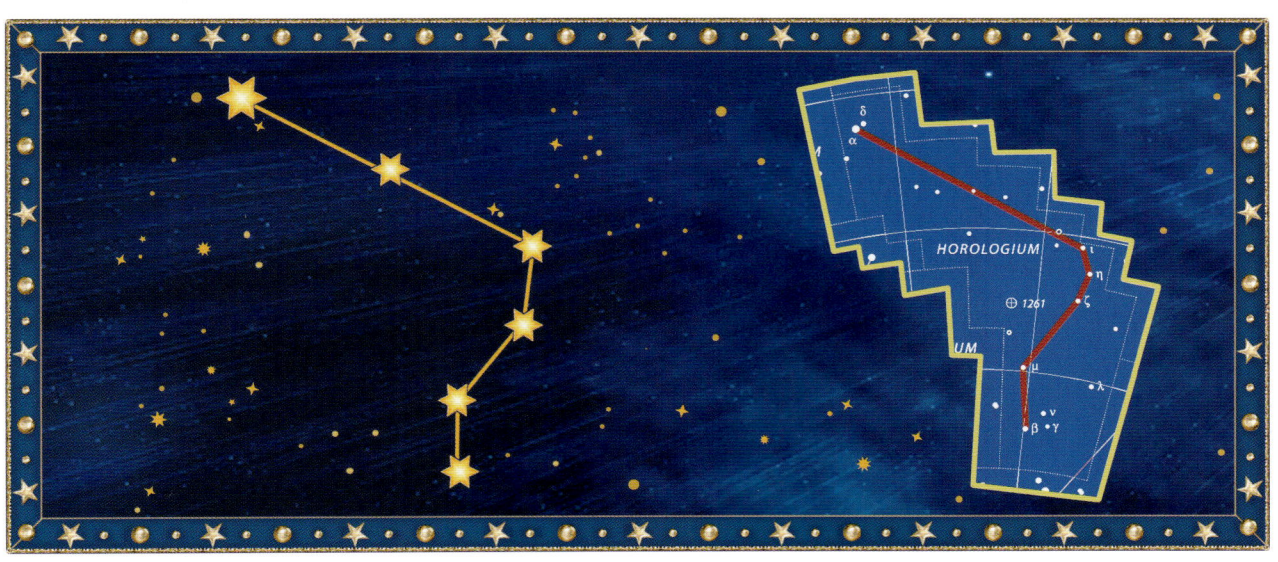

Астрономические часы.

Так и часы жизни человека протекают один за другим, последовательно.

И для всех людей час длится одинаковое количество времени: для мудрых и глупых, для здоровых и больных, для сильных и слабых, для добрых и злых…

Не знают различий, ко всем справедливо относятся богини Часы.

Человек, однако, не удовлетворился тем, как богини отслеживали время, и стал изобретать для этого специальные приспособления, назвав их в честь богинь «часы».

Хоровод Ор.

Гномон (с древнегреческого — указатель) — вертикальный предмет, по тени от которого определяется время в солнечных часах.

Почему стрелки часов движутся в направлении «по часовой стрелке»?

Как известно, в древности время определяли по солнечным часам. Вследствие движения Солнца по небу, тень в солнечных часах показывает истинное солнечное время. В Северном полушарии тени в течение дня перемещаются в направлении, которое мы называем «по часовой стрелке». Поэтому у первых механических часов стрелки должны были имитировать движение тени в солнечных часах. Если бы механические часы были изобретены в Южном полушарии, направление «по часовой стрелке» было бы, скорее всего, противоположным.

Сначала появились **солнечные часы**. Посреди площадки под открытым небом вбивали колышек или ставили колонну. Тень от них в зависимости от положения солнца двигалась по отметкам на площадке и таким образом показывала время. Плохо, что действовали эти часы только в ясную солнечную погоду.

Позже были изобретены **песочные часы**. Их делали в виде соединяющихся стеклянных сосудов, поставленных один на другой. Продолжительность высыпания песка в нижний сосуд и служила мерой времени. Например, в часах, состоявших из четырёх сосудов, песок из первого высыпался за 15 минут, из второго - за 30, из третьего - за 45 минут, а из четвёртого - за час. Затем сосуды переворачивались... Песочные часы используются в медицине и в наши дни.

Водяные часы были известны и широко применялись в Древнем Египте, Иудее, Вавилоне, Китае. В Греции их называли **клепсидрами** – «воровками воды». Первые водяные часы – это кувшин, из которого вода вытекала за определённый промежуток времени. Отсюда выражение: *с той поры много воды утекло*.

В древности были широко распространены **огненные часы**. Те, например, которыми пользовались рудокопы, представляли собой глиняную плошку с таким количеством масла, которого хватало на 10 часов горения. С выгоранием масла в светильнике рудокоп заканчивал свою работу в шахте.

В Китае для огненных часов из специальных сортов дерева, растёртого в порошок, вместе с благовониями приготовляли тесто, из которого делали палочки разной длины. Они могли гореть месяцами, не требуя особого надзора. **Огненные будильники** появились очень давно и были чрезвычайно просты. К деревянным палочкам в определённых местах подвешивались металлические шарики, которые при сгорании падали в фарфоровую вазу, производя громкий звон.

В песочных часах песок тонкой струйкой просачивается из верхней стеклянной колбы в нижнюю. Когда песок сверху заканчивается, часы переворачивают, и всё начинается сначала. Интересно, что выражение **«бить склянки»** обязано своим появлением именно песочным часам, то есть «склянкам»: на корабле, после того, как их переворачивали, было принято бить в колокол.

Шедевр средневековой техники – астрономические часы Пражской Староместской ратуши (Чехия). Как только стал понятен принцип действия механических часов, повсюду в Европе стали появляться искусно сделанные часы и часовые башни. Люди хотели, чтобы у них были собственные городские часы.

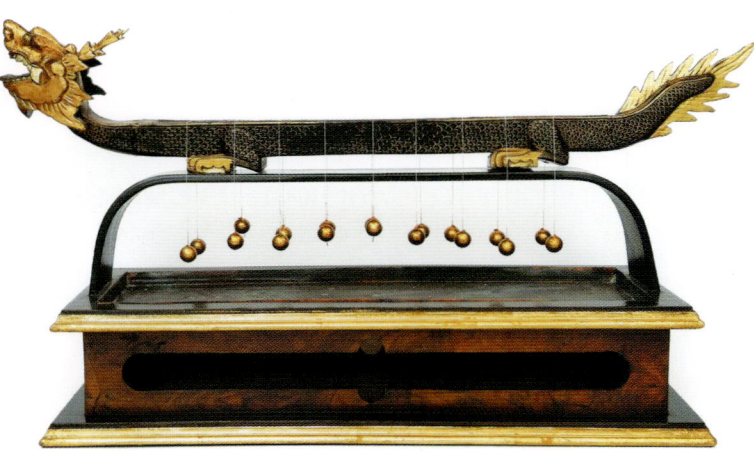

Старинные водяные часы. Китай.

В Европе в качестве огненных часов использовались свечи, на которые наносили метки. Свечка сверху донизу была разрисована чёрно-белыми полосками. Сколько полосок сгорит, столько и часов пройдёт.

Вот и выходит, что время не только «течёт», но «горит» и «тает».

Понятие времени самое загадочное и одновременно самое обычное в жизни каждого человека. **Откуда берётся Время? Что такое Время?** Это миг и Вечность. Это настоящее, прошлое и будущее… Время неповторимо и неуловимо. Оно может идти, бежать, лететь или ползти.

Солнечные часы с Сатурном на одном из старейших зданий Варшавы.

Оно даже может уйти, и его никогда не вернёшь. Тот день, который мы называем «завтра», переходит в «сегодня», потом этот день становится «вчерашним»...

У Времени нет ни начала, ни конца. Оно похоже на круг, который его символизирует.

Время нельзя увидеть, потрогать, услышать. Его нельзя купить ни за какие деньги, его нельзя получить в подарок... Зато можно почувствовать как оно идёт: если человеку скучно, грустно – время может тянуться очень долго. А если ему весело и радостно – оно проходит быстро.

Сатурн и Венера. Вилла Фарнезе.

Время не подвластно ни мыслям, ни действию, ни слову. Более того: причина мысли – связь Времён! Действительно – не будь в наших умах памяти о связи событий, которые произошли, и времени, когда они были, то даже крохотная мысль не могла бы возникнуть, потому что ей не за что было бы зацепиться. Безумные люди не ведают времени.

Кронос (Хронос – у греков, Сатурн – у римлян) – божество времени и само Время. Кронос олицетворял власть Времени над всем существующим в мире. Поэтому его изображали крылатым (летящим временем). В руках у бога серп, напоминающий, что всему на свете приходит конец и **Уроборос** – символ вечности. Кронос – бог «начала» и «конца». Потому что всё создаётся во времени и со временем разрушается и безвозвратно уходит.

Очень часто Правда с течением времени исчезает из жизни и памяти людей – «Время похищает Истину».

На старинной гравюре 1585 г. Сатурн с косой сидит в колеснице, запряжённой двумя драконами. Таким драконам приписывают злые деяния, они являются атрибутом строгого Сатурна. Вверху, в овалах, изображены созвездия Козерога и Водолея. Им покровительствует Сатурн.

Но иногда, со временем, Правда, наоборот, раскрывается. Проходят годы, и Время всё расставляет по своим местам. Со временем уходят и Любовь, и Красота, и Надежда. Но бывает такая любовь, которая длится всю жизнь. Красота творений великих художников проходит сквозь века и торжествует над Временем. Один из семи мудрецов – Фалес Милетский провозглашал: «Мудрее всего – время, ибо оно раскрывает всё». Всё происходит и движется во времени. А как движется само Время?

Древние греки и другие народы считали, что Время движется по кругу – циклически. Цивилизации зарождаются, переживают период расцвета и исчезают с лица земли – кажется, что у Времени нет начала и нет конца. А вот иудеи, христиане и мусульмане верят, что Время – это линия, имеющая начало (Бог-Творец) и постепенно двигающаяся к конечной точке – концу света.

Уроборус (уроборос) – символ Вечности. Изображается в виде змеи, кусающей свой хвост (от коптского ouro – «царь» и древнееврейского ob – «змея», в греческом всё вместе «царь змей, пожирающий свой хвост»).

«Время – это мера жизни.
Есть ценность, что стоит превыше всего.
Дороже богатства, прекрасней цветов!
Даётся… бесплатно во веки веков…
То – Время для Жизни! А тратим на что?»

Кронос (Сатурн) – бог Времени, с которым связывается порядок и дисциплина, а соответственно и все ограничения, накладываемые ими на человека.

Никола Пуссен. Танец под музыку Времени. 1638-1640 гг.
Четыре танцующие фигуры олицетворяют Богатство, Наслаждение, Трудолюбие и Бедность. Время течёт одинаково для всех.

Никола Пуссен. Время защищает Истину от Зависти и Раздора. Лувр, Париж.

Помпео Джироламо Батони. Время приказывает Старости уничтожить Красоту. Национальная галерея, Лондон.

Пьер Миньяр. Время отсекает крылья Амуру. 1694 г. (Время убивает Любовь)

Жан-Франсуа Детруа. Время, открывающее Истину. Национальная галерея, Лондон.

Симон Вуэ. Сатурн, побежденный Венерой, Амуром и Надеждой. 1645-1646 гг.

На старинных новогодних открытках часто изображали Сатурна как безвозвратно уходящее «Старое время» и появление «Нового времени».

Греческое обозначение времени «Хронос» входит в состав современных сложных слов, так или иначе связанных с измерением времени. Например, из него и греческого «логос» («слово», «рассказ») состоит слово **хронология**. Под хронологией понимаются и летоисчисление, и перечень исторических событий в их временной последовательности. Это же греческое обозначение времени образует и многие другие слова: хроника, хронический, хронометр, хронограф, хронобиология и пр.

Загадка времени – это самая главная загадка для ума человека. Люди всегда мечтали повернуть время вспять и путешествовать во времени. Некоторые говорят, что в космосе время замедляется. Но, что бы ни говорили люди, время остаётся тайной и загадкой для человечества.

Антон Рафаэль Менгс. Аллегория истории.

Существование истории как науки немыслимо без строгой хронологии. История – это процесс последовательных событий в развитии человеческого общества. Без времени не расскажешь историю, которая приключилась с тобой вчера, не узнаешь, когда первый человек полетел в космос или когда был построен Московский Кремль.

ТАБЛИЦА МЕР ВРЕМЕНИ.

Век равен 100 годам.
Год равен 12 месяцам.
Месяц содержит в себе 30 или
31 сутки (в феврале 28 или 29 суток).
В неделе 7 суток.
В простом году 365 суток,
а в високосном - 366 суток.
В сутках 24 часа.
В часе 60 минут.
Минута равна 60 секундам.

Время растяжимо:
Оно зависит от того,
Какого рода содержимым
Вы наполняете его.
Пусть равномерны промежутки,
Что разделяют наши сутки.
Но, положив их на весы,
Находим долгие минутки
И очень краткие часы!

С. Маршак

СЛОВАРИК ВРЕМЕНИ

Время – древнерусское слово «вовремя», общеславянское – «веремя», индоевропейское – «вартман», означают колею – «след от колеса», «след от того, что вращается».
Сейчас – «сей» - значит «этот», то есть слово «сейчас» означает «в этот час». Аналогично слово «сегодня» - «в этот день».
Минута – происходит от лат. minutus – «маленький».
Секунда – слово «секунда» произошло – от лат. secunda, или «вторая», означает вторую по величине единицу деления часа.
Час – возник от славянского «часъ», означает «время», «мгновенье».
Неделя – название происходит от славянского «не делать». Раньше так назывался седьмой – выходной день. В честь воскрешения Христа этот день называется воскресенье, а в неделю теперь входят все 7 дней. Почему именно семь? С давних времён люди невооружённым глазом наблюдали в ночном небе семь объектов: Солнце, Луну, Меркурий, Венеру, Марс, Юпитер и Сатурн. Они приняли эти космические тела за богов. Вот в их-то честь и были названы дни недели. В английском и других языках некоторые из них до сих пор носят «божественные» имена.
Месяц – это полный период обращения Луны – 29,5 дня. Латинское слово mense произошло от индоевропейского корня – «измерять».

Мы познакомились со множеством различных систем измерения времени, но нужно чётко представить себе, что все эти различные системы относятся к одному и тому же реально и объективно существующему времени. Никаких отличий времён не существует, есть лишь различные единицы времени и различные системы счёта этих единиц.

Человек биологически не ощущает изменения часов или бегущих минут. И от него самого зависит, сколько он успеет сделать хорошего за 1 час, за одни сутки, за одну свою жизнь.

Самое дорогое – это Время, потому что жизнь состоит из времени, складывается из часов и минут. «Часть времени у нас отбирают силой, часть похищают, часть утекает впустую. Но позорнее всех потеря по вашей собственной небрежности» (Сенека).

Южный Крест

CRUX

Наиболее красивое созвездие южного полушария – знаменитый ЮЖНЫЙ КРЕСТ. Так оно было названо ещё в шестнадцатом веке португальскими мореплавателями. Отважные путешественники были очень набожны, они исповедовали христианство. Именно эта вера заставила их принять четыре яркие звезды за окончания небесного креста.

Что это за вера? Откуда она взялась?

Около двух тысяч лет назад в Иудее жил необыкновенный человек по имени Иисус Христос, который называл себя Сыном Божьим. Он совершал много чудесных дел – исцелял безнадёжно больных, воскрешал мёртвых, мог накормить несколькими хлебами тысячи людей.

Джироламо Да Санта Кроче. Поклонение Младенцу. 1520 г.

Иисус проповедовал любовь, сострадание и прощение. Он говорил: «Возлюби ближнего, как самого себя», призывал делать добрые поступки, учил думать не о земном, а о вечном. Наблюдая муки и страдания людей, он вселял в них надежду на вечное блаженство после смерти. Для этого нужно всем сердцем любить Бога и верить в его Сына как в Спасителя человечества.

Иисус Христос обличал лицемерие тогдашних священников. Его идеи подрывали авторитет и могущество существовавшей власти. Поэтому враги Христа подкупили одного из его учеников – Иуду, и тот предал учителя за тридцать серебряных монет. Иисус был арестован и приговорён к мучительной и унизительной казни – распятию на кресте. По преданию, Христос сам нёс тяжёлый крест к месту казни – вершине горы Голгофы.

После смерти Иисус был похоронен в каменной гробнице, которая спустя три дня оказалась пустой. Последователи Христа – **христиане** верили, что он действительно был сыном Бога и поэтому, воскреснув из мёртвых, вознёсся на небо.

Фёдор Моллер. Несение креста. 1869 г. Государственный Русский музей.

Они верили также, что Иисус ещё раз спустится на землю для совершения справедливого суда над всеми живущими и умершими людьми. После этого праведники попадут в рай, а грешники в ад.

Так возникла новая религия, ставшая одним из переломных моментов мировой истории. Сейчас христиане составляют четвёртую часть всего народонаселения Земли. Каждую зиму приходит чудесный праздник Рождество, посвящённый Дню рождения Иисуса Христа. Весной мы отмечаем Пасху - главный христианский праздник, символизирующий воскрешение Христа. А с года его рождения в мире началось новое летоисчисление или, как ещё говорят, **новая эра** (сокращённо н.э.). Так числа 1746, 1902, 1996 на календарях указывали, сколько лет прошло с тех пор, как на Земле появился Иисус Христос.

Крест (распятие) – символ христианства. Выражение **продать за тридцать серебряников** означает предать за ничтожную плату. Предателей называют **иудами**.

Когда человек самостоятельно преодолевает трудности на своём пути, про него говорят: **несёт свой крест**. **Взойти на Голгофу** – сознательно идти на суровые испытания. **Ждать до второго пришествия** – так скептики говорят о событии, которое произойдёт не скоро или же совсем не состоится. В память о воскрешении Иисуса Христа каждый седьмой день недели называется **воскресеньем**.

Рафаэль. Распятие Монд.
Национальная галерея, Лондон.

А. Монтенья. Вознесение Христа.

Созвездие Южный Крест. Гравюра из «Уранографии» Боде.

У путешественников Южного полушария не было путеводной звезды, как Полярная, которая находилась бы рядом с Южным полюсом мира и давала возможность точно определить направление сторон света. Но в Южном полушарии есть созвездие Южный Крест, четыре звезды которого удивительно точно расположены по сторонам света.

Как гласят старые сказания, когда полночь возвещала о наступлении Рождества, на мир спускалось спокойствие и наступало время волшебства.

По преданию, Мария Магдалина подарила императору Тиберию обычное яйцо со словами: «Христос Воскрес!». Император не поверил и возразил: «Скорее это яйцо станет красным, чем мёртвый воскреснет», — и в тот же миг яйцо покраснело. Поражённый император ответил: «Воистину Воскрес!». И с тех пор обычай красить яйца символизирует воскрешение Христа, а крашеные яйца принято дарить детям в знак радостной и Благой Вести.

Каждую весну христиане обмениваются крашеными яйцами. В царской семье в России тоже отмечали Пасху и дарили друг другу яйца Фаберже. Это необычные яйца, они изготовлены из золота и украшены драгоценными камнями. А внутри яиц находился сюрприз – бриллиантовая корона, золотая карета или кораблик.

Таким образом, можно считать, что яйца Фаберже стали «прародителями» знаменитого детского лакомства «Киндер Сюрприз».

Яйца Фаберже из Императорской коллекции.

Треугольник. Южный Треугольник

История Древнего Египта неразрывно связана с рекой Нил. Был Египет богатейшей страной, и реке Нил обязан он своим плодородием. Ежегодно с конца июня и до ноября Нил выходит из берегов и заливает своими водами прилегающие поля, оставляя на них толстый слой ила, превращающий сухой песок пустыни в плодородную почву. Поэтому в благоприятные годы египтяне могли снимать до трёх урожаев в год. Любили эту землю боги.

Никто не мог ответить на вопрос, какие силы питают великую реку, которая ранней осенью, когда другие реки мелеют, выходит из берегов. И люди решили, что воды Нилу шлют боги.

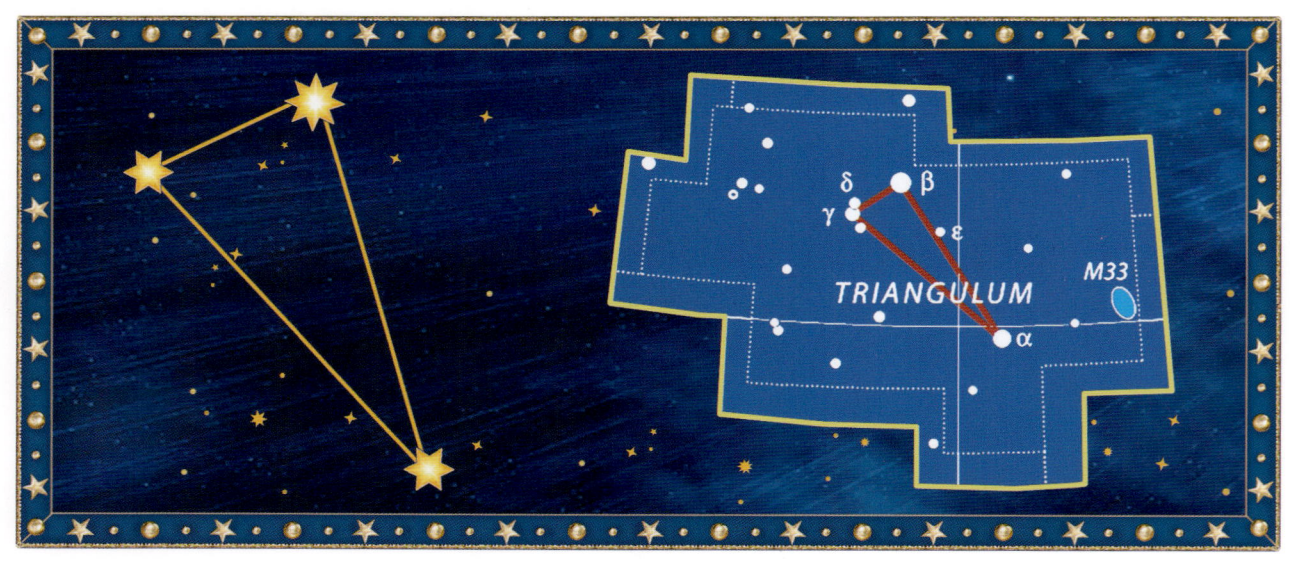

Карта древнего Египта.

Скульптура Нила.

Нил течёт с юга на север, разделяясь при впадении в Средиземное море на два рукава, между которыми заключено низкое устье. Внешне оно похоже на равнобедренный треугольник. Из-за внешнего сходства с греческой буквой «дельта» устье Нила получило именно такое название. Впоследствии дельтой стали называть и другие низовья рек, которые разделяются на рукава.

Богиня плодородия Деметра, уговорила могущественного Зевса перенести на небо треугольник, образованный дельтой Нила. Так, по воле богов треугольное устье Нила появилось на небосводе и стало созвездием **Дельтатон** или ТРЕУГОЛЬНИК.

Скарабей – защитный амулет был найден в гробнице Тутанхамона.

Драгоценный ястреб – отделанная золотом подвеска в форме ястреба из гробницы Тутанхамона.

Гигантские древнеегипетские пирамиды по праву считаются одним из семи чудес света.

Египтяне верили в жизнь человека после смерти. Когда умирали цари – фараоны, их тела бальзамировали лекарственными травами и захоранивали в пирамиды – гробницы высотой с пятидесятиэтажный дом, состоящие из огромных каменных блоков. Трудно было строить такие огромные сооружения в давние времена! Тогда ведь не было ни бульдозеров, ни подъёмных кранов. Из всех

Око Гора. Глаз Гора способен защитить от любого зла. Изображение ока Гора часто использовалось как амулет-оберег. Левое око Гора символизировало Луну, правое – Солнце. Поэтому они защищали и днём и ночью.

приспособлений строители могли пользоваться лишь простыми рычагами. Зато в точности расчётов им мог бы позавидовать и современный инженер. Дело в том, что для постройки пирамид египтяне применяли **магический треугольник**. Они брали длинную верёвку с 12 узелками, расположенными на одинаковом расстоянии друг от друга. В землю вбивали три колышка таким образом, чтобы между ними было соответственно 3, 4 и 5 узлов на верёвке. В таком треугольнике - со сторонами 3, 4 и 5 равных частей – один угол обязательно будет прямой. Вот с его-то помощью при возведении пирамид и делали сложные вычисления.

Самый же большой треугольник, который можно увидеть, образован небесными светилами – это созвездие ЮЖНЫЙ ТРЕУГОЛЬНИК.

Волосы Вероники

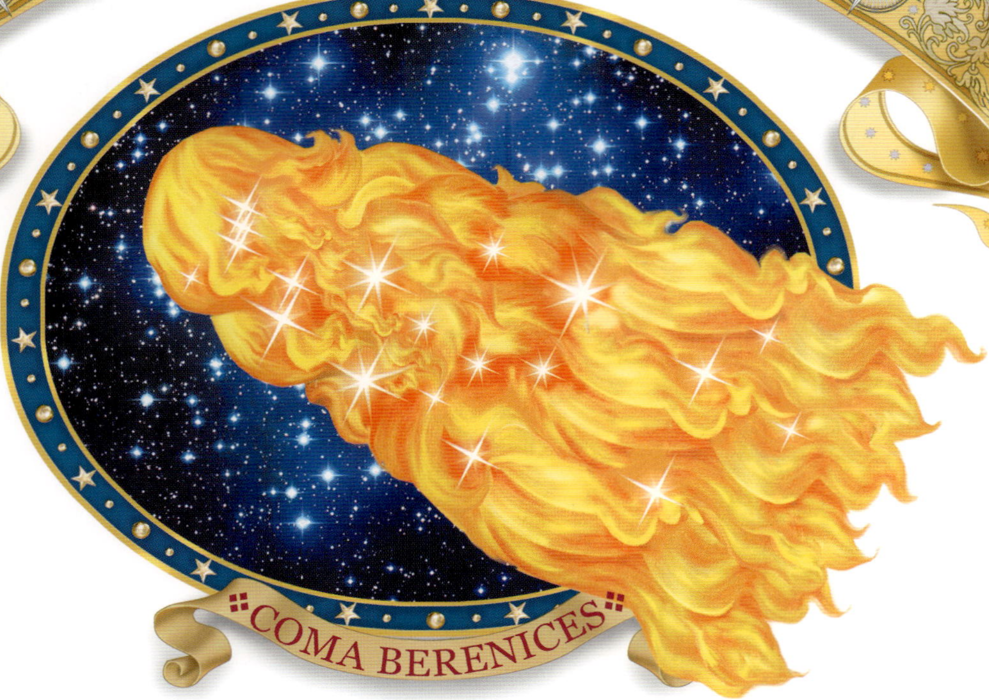

COMA BERENICES

Название этого созвездия связано с историческими личностями. Жена египетского царя Птолемея III славилась своими удивительно красивыми волосами. Когда выходила царица Вероника в свет солнечного дня, от её волос исходило золотое сияние, подобно пылающему огню. Если же гуляла Вероника лунной ночью, её волосы переливались серебряным блеском, и сама она казалась прекрасной звездой.

Однажды Птолемей пошёл войной на Сирию. Вероника поклялась, что если муж вернётся домой невредимым, она принесёт чудные волосы в дар всемогущим богам.

β
γ
4565
COMA BERENICES
M64
M85
M53
α
M100

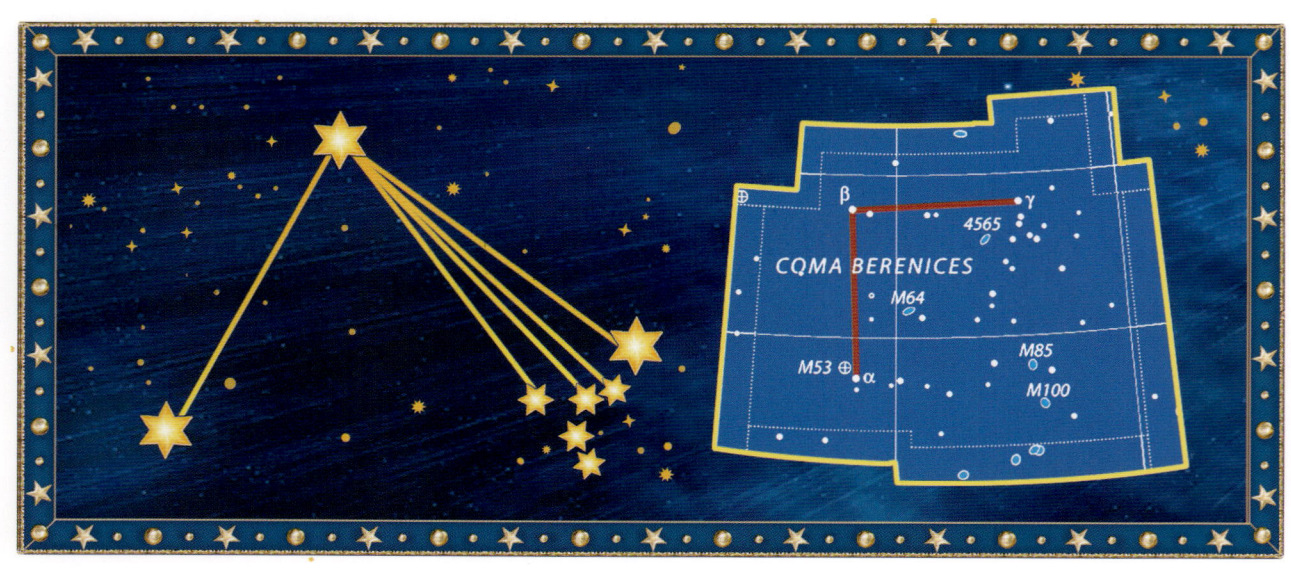

Как только пришла радостная весть, Вероника рассталась со своим сокровищем. Срезанные волосы положила она на алтарь храма, и они тут же исчезли.

Явился победитель домой, но, увидев царицу остриженной, сильно разгневался. Придворный астроном Канон Самосский объяснил царю, что волосы Вероники уже на небе. Боги пожелали, чтобы каждый человек мог созерцать их красоту.

Птолемей потребовал доказательств, и астроном указал ему на группу звёзд, которая действительно напоминала распущенные волосы.

Птолемей III Береника II (Вероника)

Голубь

COLUMBA

Созвездие ГОЛУБЬ названо в честь небесного вестника Божественной воли. Об этом повествует ветхозаветная история из Библии.

Когда Бог увидел, что люди, жившие на Земле, забыли о справедливости и начали враждовать друг с другом, то разгневался и сказал: «Я пошлю на них Великий потоп, который уничтожит всё живое на Земле и очистит её!»

Был только один человек, который не совершал злых дел. Звали его Ной. Бог возлюбил его и решил, что только он и его семья будут спасены. И сказал Бог Ною, что нужно строить корабль – **ковчег**.

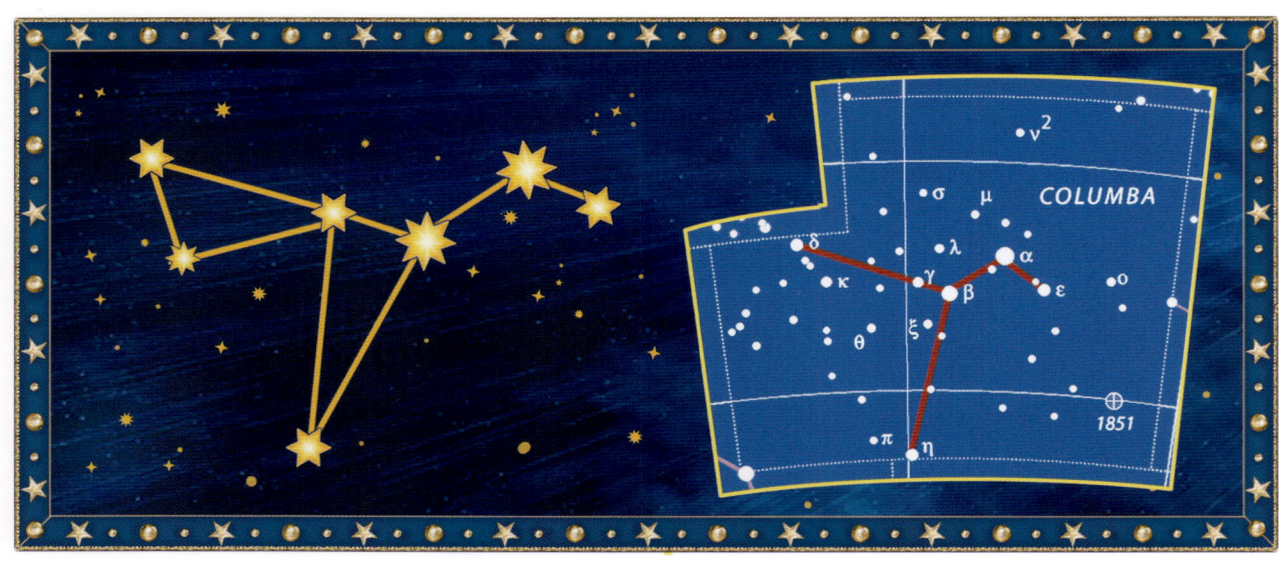

Когда тот был готов, Ной и его семья вошли внутрь. Бог повелел Ною взять с собой всякого зверя и птицы по одной паре, чтобы спасти их. И наслал Бог на Землю сильный дождь. И нельзя было понять, где верх и где низ. Кругом была вода! И скрылись в её пучине вершины гор, потонули люди и животные, только огромный ковчег швыряло по волнам, как щепку.

Однажды Ной открыл окно, посмотрел вокруг: везде вода, и конца ей не видно. Выпустил Ной чёрного во́рона. Прошло семь дней. Возвратился на корабль во́рон - не нашёл он земли. Выпустил Ной белого голубя. Долго летал голубь, но тоже вернулся, не увидев берегов. А утром опять улетел на поиски.

Когда солнце уже опускалось в глубокие воды, увидел Ной: летит к нему голубь и зелёную оливковую ветвь держит в клюве. Это был знак, что наконец появилась суша. Великий потоп кончился. С тех пор считается, что голубь и ветвь оливы – символ мира, обновлённой жизни и доброй воли.

Голубь с оливковой ветвью. Старинный витраж.

Рафаэль Санти. Строительство Ноева ковчега. Музей Ватикана, XVI век.

Микеланджело Буонарроти. Всемирный Потоп. 1508-1509 гг. Сикстинская капелла. Ватикан.

Небеса неистощимы на влагу. Ливень не прекращается и скоро на земле не останется ни одного островка. Но все попытки людей выжить не выглядят на этой картине тщетными, складывается ощущение, что род человеческий выживет и не исчезнет.

Ноев Ковчег. Средневековая миниатюра.

Ной. Мозаика. Венеция.

И.А. Кох. Пейзаж с жертвоприношением Ноя. 1803 г. Франкфурт-на-Майне.
Радуга – знак прощения человечества Богом.

Символ мира – голубь с оливковой ветвью. Герб Кипра.

Гора Арарат. По преданию, именно на этой горе остановился ковчег и все его обитатели вышли на сушу.

Единорог

MONOCEROS

Единорог – любимый персонаж средневековых легенд. Его изображение часто украшало гербы доблестных рыцарей…

В густой чаще леса, близ глубокого озера некогда жили прекрасные единороги. Были они похожи на серебристых лошадей с огромным длинным рогом на лбу – в нём таилась вся сила фантастического зверя. Поздней ночью, когда всё засыпало, единорог подходил к озеру, преклонял колено и опускал свой волшебный рог в воду. В то же мгновение озарялось озеро сиянием, и вода становилась целебной, помогающей от всех болезней, особенно от укусов змей. Наутро собирались к озеру звери и птицы, каждый со своей раной или болью. Всех лечит вода, в которой побывал рог единорога. Приходили сюда в надежде излечиться и люди.

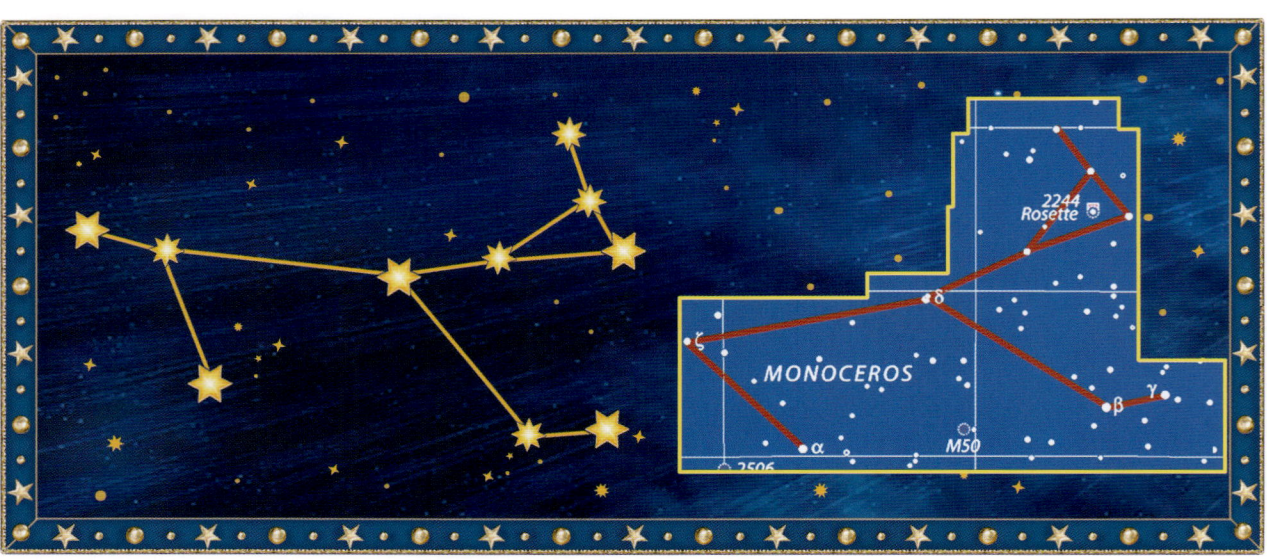

Девушка с единорогом. Фрагмент фрески работы итальянского художника Д. Вампьери с палаццо Фарнезе. XVII в.

Единороги. Миниатюры из средневековых книг.

Дорогу находили самые добрые и правдивые, ибо мудрый единорог умел распознавать фальшь и зло, и не допускал в свой лес нечестивцев. Благородный зверь охраняет весь лес, в котором обитает. Каждый чувствует себя здесь в безопасности, а у охотников не будет счастливой охоты. Заколдован лес, пока живет в нём белоснежный единорог.

Однажды злобные люди замыслили поймать благородного зверя и снять чары с леса, чтобы беспрепятственно охотиться на его обитателей. Устроили они облаву на единорога и окружили его у края пропасти, желая схватить. Вмиг высоким прыжком вознёсся над скалами дивный зверь и навсегда скрылся с глаз людских. Долго искали люди мудрого единорога, но напрасно.

Лишь изредка, если в лес приходит юная девушка, чистая душой, является перед ней волшебный единорог, ласково опускает ей голову на плечо и одаряет счастьем в земной жизни. Так было давно…

А нынче изображение этого животного украшает ночное небо. Блещет в небе созвездие ЕДИНОРОГ. Полные светлых надежд смотрят девушки на звёздного Единорога, и рождается в них вера в собственное счастье, в собственную судьбу.

Единорог – геральдический символ осторожности, строгости, чистоты.

В XVI в. фигура геральдического единорога обрела популярность на родовых гербах.

Символ единорога содержится на двухсторонних государственных печатях царя Ивана Грозного.

Рог единорога считался целительным.

Поэтому фигуру единорога помещали над аптеками.

Золотая Рыба / Сетка

DORADO

RETICULUM

В тринадцатом веке жил знаменитый итальянский купец и путешественник Марко Поло.

Семнадцатилетним юношей отправился Марко из Венеции в далёкое странствие. Изъездил весь Китай, побывал на Тибете, в Бирме, на Цейлоне. Через два десятилетия он вернулся домой и поведал соотечественникам о неведомых странах и народах Востока, об их удивительных нравах и обычаях, о том, как в Китае печи топят каменным углём, добываемым в горах, и что деньги там не золотые или медные, а бумажные, рассказал о красивых струящихся тканях, называемых шёлком, и многом другом, что европейцам в те времена казалось невероятным.

Марко Поло с братом отправился с дипломатической миссией в Китай. Миниатюра из «Книги о разнообразии мира». Начало XV века.

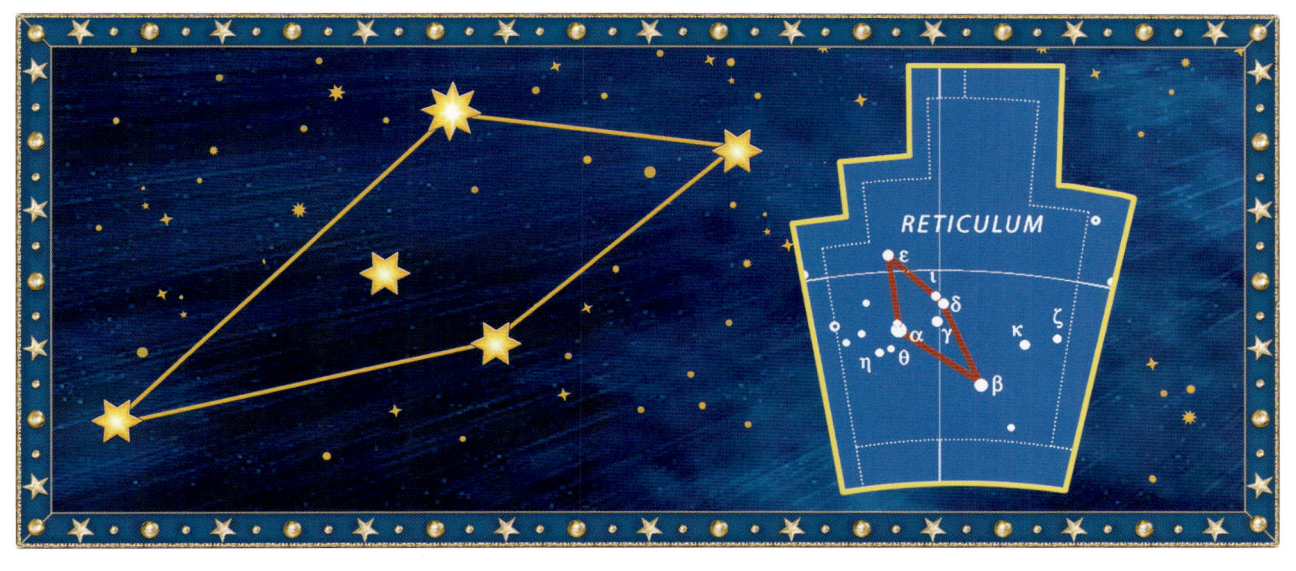

С любопытством слушали они великого путешественника, удивлялись, но не всё могли себе представить. Не очень-то они поверили и в существование рыбы с золотой чешуёй, золотыми плавниками и золотым хвостом. «Нет, – утверждали слушатели, – не может золото плавать, тяжёлое оно. Вот одна монетка, и та тонет в воде, а тут - целая рыба». И не поверили Марко.

Только спустя три века привезли золотую рыбку в Европу. Французский король Людовик Пятнадцатый подарил её своей любимице – мадам Помпадур, и поскольку она была тогда законодательницей мод, рыбок стали везде разводить…

Астроном. Древний Китай.

Гуаньди – бог воинской доблести, бог богатства, покровитель чиновников, ограждал от демонов. Китай.

Попала ЗОЛОТАЯ РЫБА и на звёздный небосвод. Рядом с ней расположено созвездие СЕТКА. Это соседство напоминает о древнем предании, по которому человек станет счастливым, если сумеет выловить волшебную золотую рыбу, исполняющую любое желание.

Мадам Помпадур ввела в Европе моду на золотых рыбок.

Рыбы — популярнейший благопожелательный знак в Китае. Символически рыба применяется в качестве эмблемы богатства из-за сходства в произношении в китайском языке слов «рыба» и «достаток» (юй).

Словосочетание «золотая рыбка» (цзинь юй) включает в себя «золото» (цзинь) и «нефрит» (юй) и добавляет ещё один благопожелательный смысл в символику рыбок. А слово «карп» (ли), звучащее как «прибыль» (ли), породило множество китайских поговорок — пожеланий богатства в доме.

В Древнем Китае было запрещено гражданам страны иметь дома золотых рыбок. Ими мог любоваться только император.

Рыбы среди цветов лотоса — символ достатка. «Лотос» (лянь) созвучен словам «беспрерывно», «постоянно» (лянь). Рыбы среди цветков лотоса — это намёк — пожелание «Достатка из года в год».

Секстант   Октант

SEXTANS   **OCTANS**

Небесные светила находятся от нас очень далеко. Но они издавна помогают людям на Земле.

Когда древние мореходы отважно пускались в плавание, путешествие их было опасным. Чтобы не заблудиться в бескрайних морях, им необходимо было знать место своего положения. Они поднимали головы и находили путь по звёздам. Ещё с тех самых времён появились выражения: «Звёзды смотрят вниз», «Путеводная звезда»…

Со временем для более точного определения местоположения были изобретены астрономические инструменты **секстант** и **октант**. Их названия происходят от латинских слов, означающих «шесть» и «восемь». Эти угломерные инструменты очень просты.

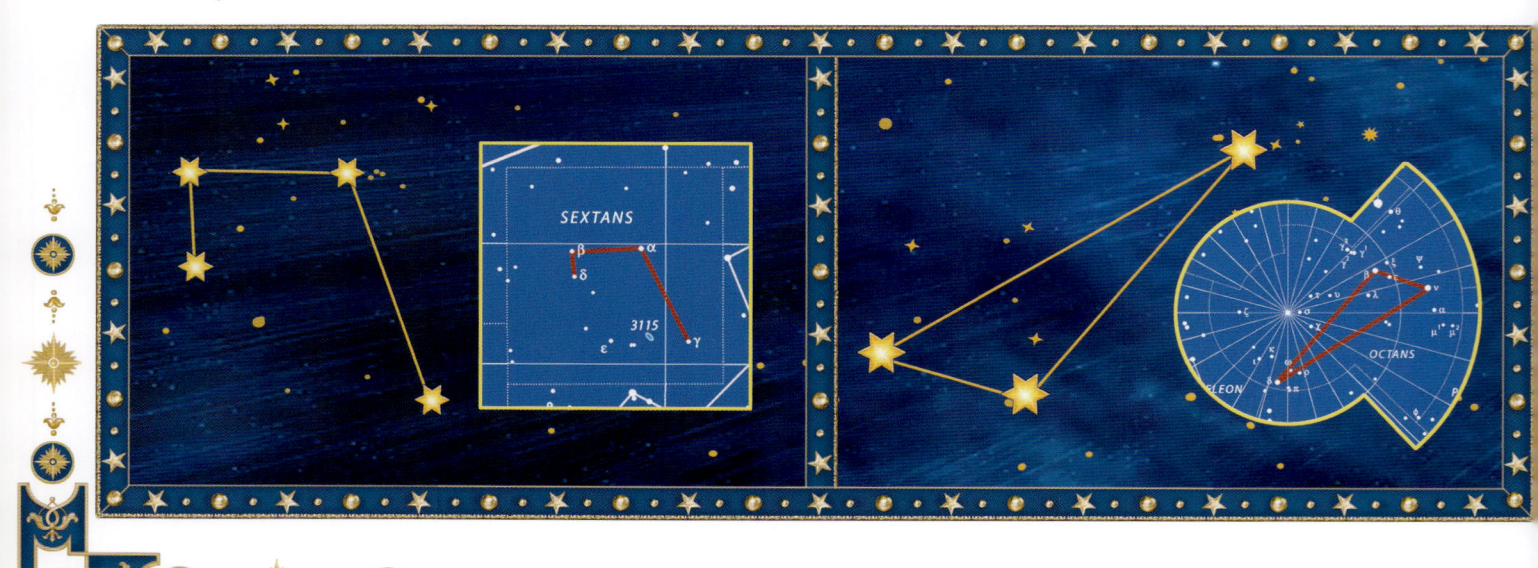

Созвездие Секстанта.
Атлас Яна Гевелия
1690 г.

Сейчас навигационными приборами снабжены не только корабли, но и самолёты. Современные секстанты представляют собой сложные оптические устройства, позволяющие людям при помощи звёзд находить своё местоположение.

Такими фантастическими существами украшали в древности мореходные карты.

Они состоят из плоской доски в форме шестой части (для секстанта) и восьмой части (для октанта) круга с делениями и подвижной линейки, закреплённой в центре. По этой визирной линейке легко измерялась высота небесных светил над горизонтом и угловое расстояние между ними.

Древняя *карта* (от греч. «хартия» – лист папируса).

На древних картах мира по краям часто изображали направление ветров. В последствии их заменили «Розой ветров» - диаграммой направления ветра.

Индеец

INDUS

В Африке живут африканцы, в Европе — европейцы. Почему же коренных жителей Америки называют индейцами?

Когда великий мореплаватель Христофор Колумб в 1492 году отправился из Испании на запад, чтобы новым путём попасть в Индию, он понятия не имел, что откроет огромный американский материк. В один прекрасный день у берегов тогда ещё неведомой Америки Колумб увидел острова. Он решил, что перед ним долгожданная Индия, и назвал островитян **индейцами**. С лёгкой руки Колумба так стали звать всех американских аборигенов.

Велика Америка: есть в ней и студёные тундры, и дремучие леса, и широкие степи, и знойные пустыни, и высокие горы. Живёт там множество народов и племён.

Говорят они на разных языках, по-разному охотятся, ловят рыбу, строят дома. Разные у них обычаи и нравы. Совсем непохожи индейцы **ирокезы**, обитатели суровых северных лесов, на индейцев, живущих в солнечной Венесуэле, на берегах реки Ориноко. **Ацтеки** жили в самом сердце Мексики, большой горной страны, и создали там 700 лет назад великое царство. На свои поля они провели воду из светлых горных озёр, в городах построили великолепные дворцы и храмы. Ацтеки не знали железа, но в руках их мастеров каменные, костяные, медные орудия творили чудеса. Это был народ, знающий астрономию и математику, создавший свой календарь и письменность.

Южнее государства ацтеков лежала другая страна – индейцев **майя**, создавших знаменитый храм Солнца и календарь, до сих пор поражающий своей точностью.

Увы! Древние города индейцев теперь лежат в руинах. Их разрушили испанские завоеватели - **конкистадоры**. Эти невежественные «гости» растоптали великие культуры народов Америки.

Проникая всё глубже в незнакомый материк, конкистадоры охотились за золотом и драгоценными камнями. Ещё они искали «ручей молодости», воды которого якобы возвращали здоровье и силы. У экватора они наткнулись на громадную реку, где их ждали индейские женщины, защищавшие свою землю так же ожесточённо, как древнегреческие воительницы - **амазонки**. Поэтому реку назвали Амазонкой.

Вслед за испанцами пришли в Америку другие завоеватели – португальцы, англичане, французы. Долго вели они жестокие войны с индейцами; в результате многие племена исчезли с лица Земли. И даже появление созвездия ИНДЕЕЦ на небе не может возместить этот огромный для человечества урон.

КЕЦАЛЬКОАТЛЬ –
 индейский бог.

Райская Птица Тукан

APUS

TUCANA

Издавна манили европейцев сказочно богатые страны Востока — Индия и Китай, где было много экзотических товаров, тканей, драгоценностей. За всё это в Европе платили большие деньги. Вот почему купцы и искатели приключений часто отправлялись на поиски новых морских путей.

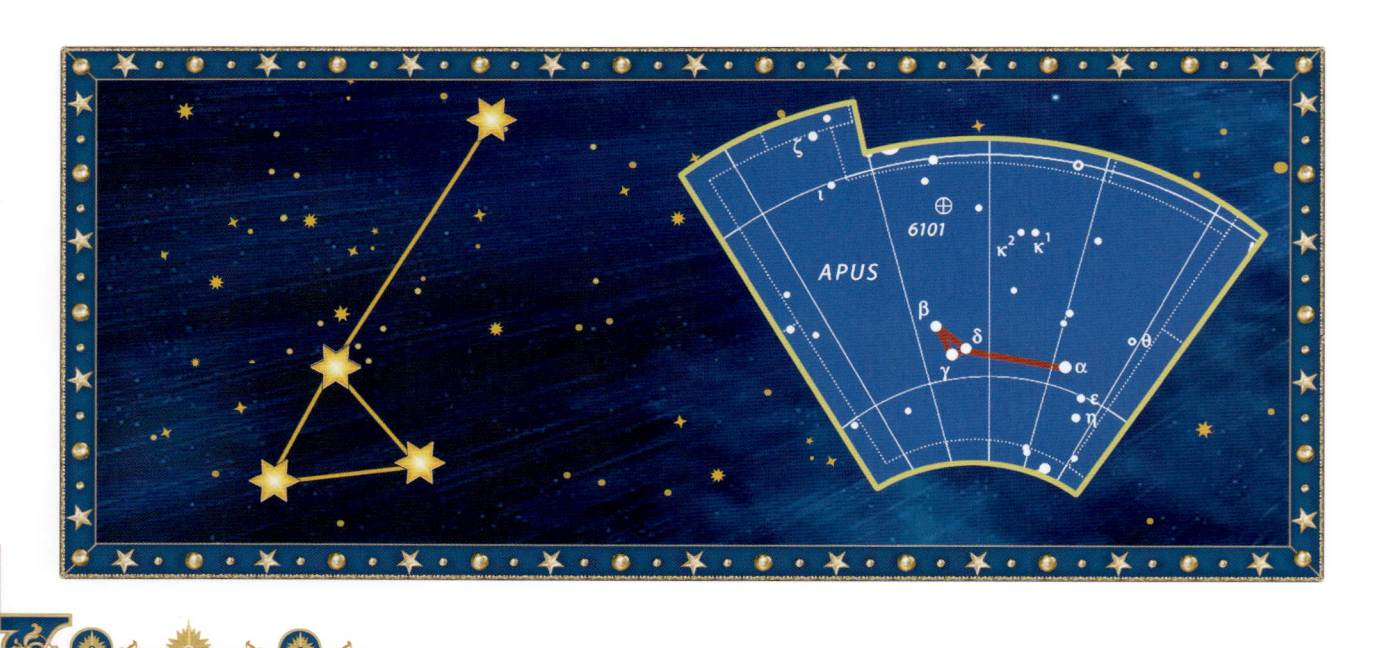

Так, Васко да Гама в 1497-1498 годах, а до него Бартоломео Диас в 1488 году добрались до Индии, проплыв вокруг всей Африки. Христофор Колумб решил поискать Индию в западном направлении и в результате в 1492 году наткнулся на американский материк. Фернандо Магеллан, обнаружив пролив (впоследствии Магелланов), соединяющий два океана — Атлантический и только что открытый Тихий, поплыл ещё дальше на запад. Таким образом, в 1519-1522 годах было совершено первое кругосветное путешествие и доказано, что Земля – шар.

Это время назвали эпохой Великих географических открытий. Знакомство с новыми землями не только принесло европейцам более полное представление о географии, но и одарило новыми богатствами флоры и фауны. Невиданные дотоле животные, птицы и растения, привезённые путешественниками из дальних странствий, распространились по всей Европе.

Большое удивление вызвала среди европейцев своим видом **райская птица**. Пышное, яркое оперение жёлтого, золотисто-зелёного, иссине-чёрного, оранжевого, красного и фиолетового цветов придавало этой птице сказочный вид. Перья были необычны и по форме: одни – очень широкие, другие – узкие с кисточками на концах, третьи – пушистые. Туземцы, снимая с убитых птиц шкурки, отрезали им ноги и в таком виде отправляли их в Европу и Америку. Так возник миф о безногих птицах. Считалось, что всю жизнь они проводят в воздухе. Где же им место, как не в раю?

Райская птица Рагги (длина 70 см).

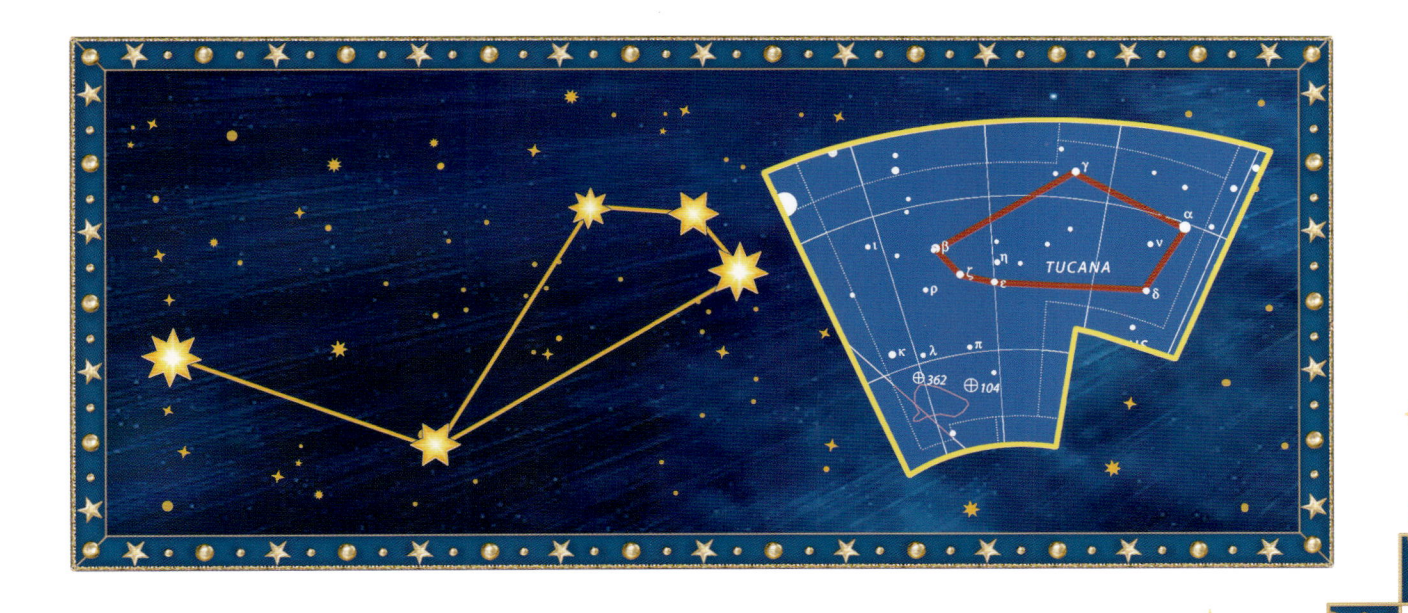

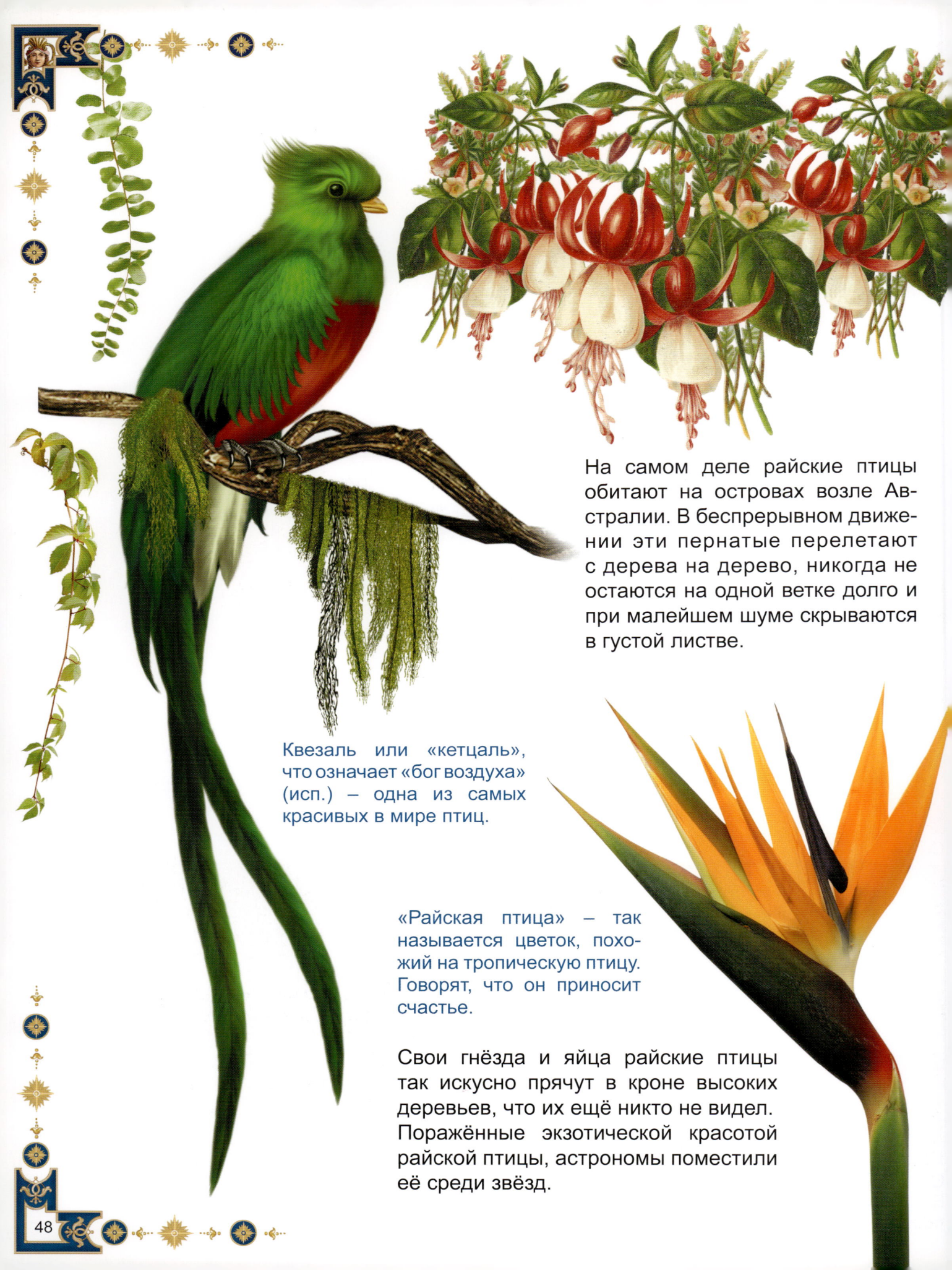

На самом деле райские птицы обитают на островах возле Австралии. В беспрерывном движении эти пернатые перелетают с дерева на дерево, никогда не остаются на одной ветке долго и при малейшем шуме скрываются в густой листве.

Квезаль или «кетцаль», что означает «бог воздуха» (исп.) – одна из самых красивых в мире птиц.

«Райская птица» – так называется цветок, похожий на тропическую птицу. Говорят, что он приносит счастье.

Свои гнёзда и яйца райские птицы так искусно прячут в кроне высоких деревьев, что их ещё никто не видел. Поражённые экзотической красотой райской птицы, астрономы поместили её среди звёзд.

Ещё одна удивительная птица, которая украшает небосвод, живёт в тропических странах Америки. Это – тукан – очень странная по виду птица, одна из причуд природы.

Во-первых, у тукана огромный клюв, размеры которого превышают размер его головы! У некоторых туканов клюв по длине составляет треть от длины всего тела. По форме он напоминает клешню большущего рака и окрашен в яркий цвет. Однако большой клюв не доставляет особых неудобств птице: он очень лёгкий из-за наличия в нём пневматических полостей. Голос у туканов громкий, резкий и пронзительный. Его можно сравнить либо с кваканьем лягушки, либо с тявканьем щенка.

Тукан имеет большой клюв и прекрасный аппетит.

Созвездие Тукан из звёздного атласа Боде.

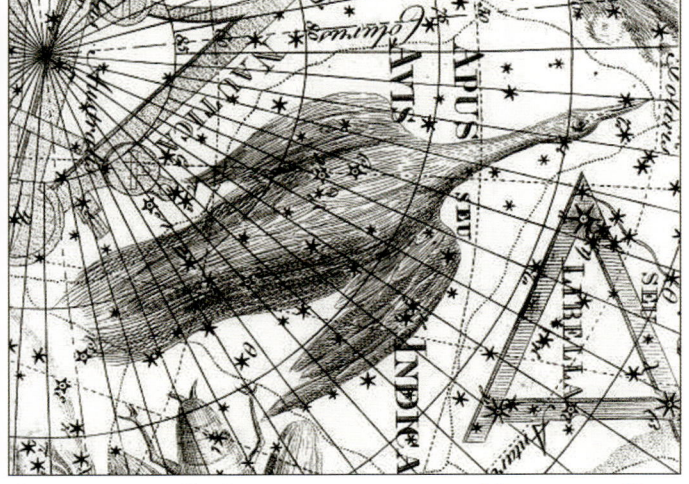

Созвездие Райская птица из «Уранографии» Боде. Название созвездия «Apus», означает «безногая».

Почти всё время туканы проводят в кронах деревьев, где они питаются плодами. Туканы большие любители поесть: питаются главным образом сочными бананами и ягодами. Они могут есть также пауков и некоторых других беспозвоночных, изредка ящериц и даже мелких змей.

Имея такой прекрасный аппетит, туканы отяжелели и обленились. И поэтому не любят далеко летать. Да и незачем им покидать свои родные места – тропические леса. Именно там нашли их европейцы, когда открыли Америку.

Жираф

CAMELOPARDALIS

Это самое высокое животное на Земле.

С давних пор жирафы вызывали у человека любопытство. Древние египтяне и греки считали, что жирафы – это помесь пантеры с верблюдом и называли его **верблюдопантера**. Арабы зовут это странное животное **серафе** – милая. Русское название жирафа произошло как раз от этого слова.

Жираф – чрезвычайно кроткое животное, которое старается жить со всеми в мире. Необыкновенно длинная шея, высокие ноги, круглое туловище, красивая голова, украшенная тёмными умными глазами, – такова наружность этого одного из самых странных животных.

Шестиметровый рост в основном приходится на ноги и шею, строение которой учёные до сих пор не могут толком объяснить: в шее у жирафа, как и у человека, только семь позвонков. Именно поэтому при всей своей длине она совсем не гибкая. Если жираф хочет попить воды из ручья, ему нужно широко расставить ноги — ведь просто наклонить голову он не в состоянии. Зато длинная шея прекрасно служит жирафу при добывании пищи, позволяя дотянуться до самых высоких веток. Язык жирафа достигает 46 сантиметров, он с большой ловкостью может срывать маленькие листочки даже с колючих растений. А длинная верхняя губа помогает ему захватывать как можно больше зелени.

Жираф в состоянии защититься от опасности многими способами. Пёстрая окраска шкуры делает его в лесу практически невидимым. У него тонкий слух и острое зрение. А спасаясь от преследователей, жираф может скакать галопом со скоростью 50 км/ч.

Созвездие ЖИРАФ впервые упоминается в 1624 году.

Малый Лев

LEO MINOR

Достаточно бросить один взгляд на льва, чтобы понять, почему он зовётся «царь зверей». Храбрость и мощь, величавость и гордое спокойствие – таковы его качества. Взгляд светится истинно царским достоинством, осанка невольно внушает уважение, во всех движениях чувствуется уверенность в победе. У льва могучий голос. Заслышав его, замолкает гиена, утихает яростный леопард, обезьяны в страхе взбираются на вершины деревьев, антилопы бросаются в бешеный галоп, дрожит и волнуется верблюд, лошадь встаёт на дыбы, собака с визгом жмётся к ногам хозяина.

Львы – прекрасные охотники. Могучими челюстями лев хватает добычу и закидывает себе на спину. Для него ничего не стоит с тушей быка перепрыгнуть трёхметровую изгородь и затем пробежать с добычей целый километр…

Изображения величественного животного с древних времён встречаются на гербах, знамёнах, монетах, печатях, – словом, на всех предметах, символизирующих власть и могущество.

Астроном Ян Гевелий по соседству с созвездием ЛЕВ, прообразом которого было мифическое чудовище, побеждённое Гераклом, открыл новое созвездие и дал ему имя уже в честь земного зверя, назвав МАЛЫЙ ЛЕВ.

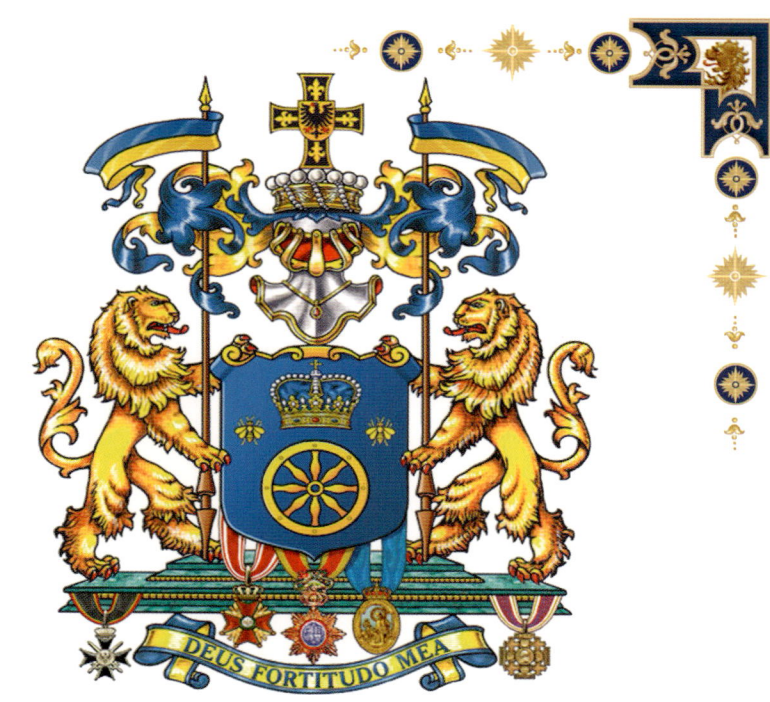

С незапамятных времён лев символизирует силу и могущество. Не случайно его изображение часто украшало гербы европейской знати и даже трон французских королей. Льва можно увидеть на государственных символах 29 стран: Бельгия, Болгария, Великобритания, Гамбия, Гана, Грузия, Дания, Доминикана, Индия, Канада, Кения, Латвия, Люксембург, Малави, Марокко, Нидерланды, Норвегия, Швейцария, Сенегал, Сингапур, Сьерра-Леоне, Фиджи, Филиппины, Финляндия, Чад, Швеция, Шри-Ланка, Эстония и Эфиопия.

Изображение льва на стене вдоль «Дороги процессий» в Вавилоне, сложенное из цветных изразцовых пластинок. Около 570 года до нашей эры.

Львы издавна являлись охранительными символами. Парные фигуры этих животных ставили у входа в усыпальницы и дворцы Древнего Египта, а также у ворот ассирийских, вавилонских и китайских храмов. Индоевропейцы использовали статуи львов как хранителей городских ворот. Пара львов символизирует правителя, обладающего двойной силой и властью.

Витторе Карпаччо: лев Св. Марка, на заднем плане палаццо Дукале. 1514г. Италия.

«Величавый», «могучий», «царь зверей» – такими эпитетами награждали люди этого хищника. Льва уважают за силу и храбрость. С давних времён он символизирует могущество и власть.

Львы являются одними из самых восхитительных животных на земле. На протяжении веков их сила и красота, а также смелый нрав очаровывали людей. Часто льва называют **царём зверей**. И когда видишь большого льва с его великолепной гривой и гордой походкой, понимаешь, почему он получил этот титул. Эти животные действительно величественны, как цари.

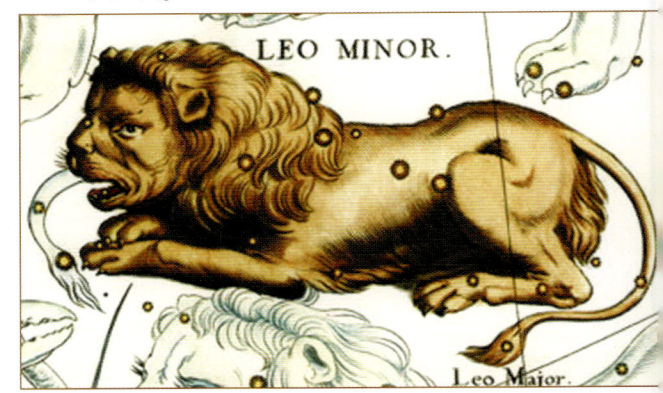

Малый Лев из звёздного атласа.

Карта «Исторических Нидерландов» в форме геральдического льва Leo Belgicus из Британской библиотеки, Амстердам.

Пара львов на картине П. Рубенса олицетворяют город Лион

Рысь

Лисичка

LYNX

VULPECULA

Между Большой Медведицей и Возничим расположено малозаметное созвездие РЫСЬ.

Земная рысь легко отличима от прочих кошачьих по своим длинным ушам с чёрными кисточками, густым бакенбардам и короткому хвосту. Сила, ловкость, хитрость, выносливость делают её опасным лесным хищником. Днём рысь спит в своём логове, устроенном обычно где-нибудь в густых зарослях, а ночью выходит на охоту. И тогда берегись! От неё не уйдёт ни маленькая птичка, ни косуля, ни олень. Рысь поджидает добычу, притаившись на дереве, затем следует такой стремительный прыжок, что за ним трудно уследить. А уж зорче её нет никого на свете!

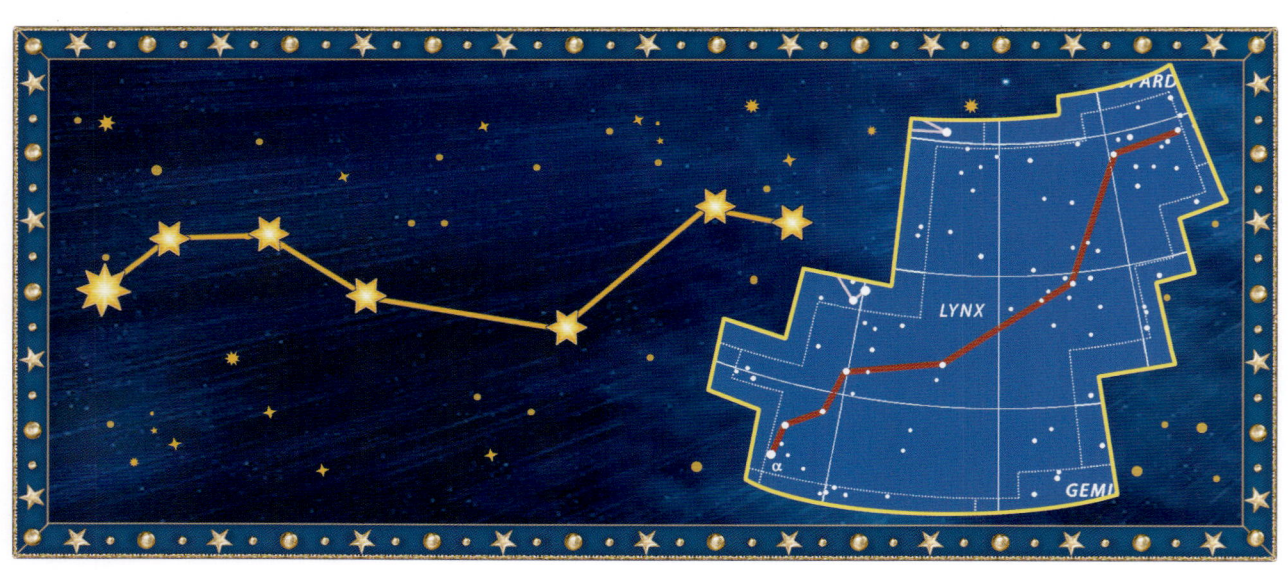

Созвездие Лисичка и Рысь из звёздного атласа Яна Гевелия.

Недаром в 1660 году великий польский астроном Ян Гевелий, взглянув на одну из самых беззвёздных областей неба, написал: «Здесь встречаются только мелкие звёзды; чтобы их различить и распознать, нужно иметь подлинно рысьи глаза». И объединил эту бледную группу в созвездие РЫСЬ.

А вот Лисичка славится своей хитростью и считается олицетворением лукавства. Благодаря своей неиссякаемой изобретательности она стала героиней многих произведений знаменитого баснописца Эзопа, который жил ещё в пятом веке до нашей эры. Вот, например, одна из них…

Лисица случайно упала в колодец и никак не могла оттуда выбраться. Козёл, которому захотелось пить, подошёл к колодцу, заметил в нём лисицу и спросил её, хороша ли вода. Лисица начала вовсю её расхваливать и звать козла попробовать.

Спрыгнул козёл вниз, напился воды и только тут понял, что попал в беду. Тогда лисица предложила: «Ты обопрись передними ногами о стену да наклони рога, а я взбегу по твоей спине, выберусь наружу, а потом и тебя вытащу». Так и сделали. Но, очутившись на земле, лисица отряхнулась и пошла прочь. Стал козёл её бранить, а лисица обернулась и молвила: «Будь у тебя столько ума в голове, сколько волос в бороде, то ты, прежде чем войти, подумал бы, как выйти!»

Ян Гевелий, собравший за свою жизнь целый звёздный «зверинец», поместил в нём и ЛИСИЧКУ, объяснив это так: «Своей неистощимой хитростью и ловкостью она не может не вызвать восхищения».

Хамелеон

CHAMAELEON

ХАМЕЛЕОН занял место на звёздном небосводе благодаря своей загадочности и диковинному виду. Это теплолюбивое животное обитает главным образом в Африке. Живёт оно исключительно на деревьях, на землю никогда не спускается.

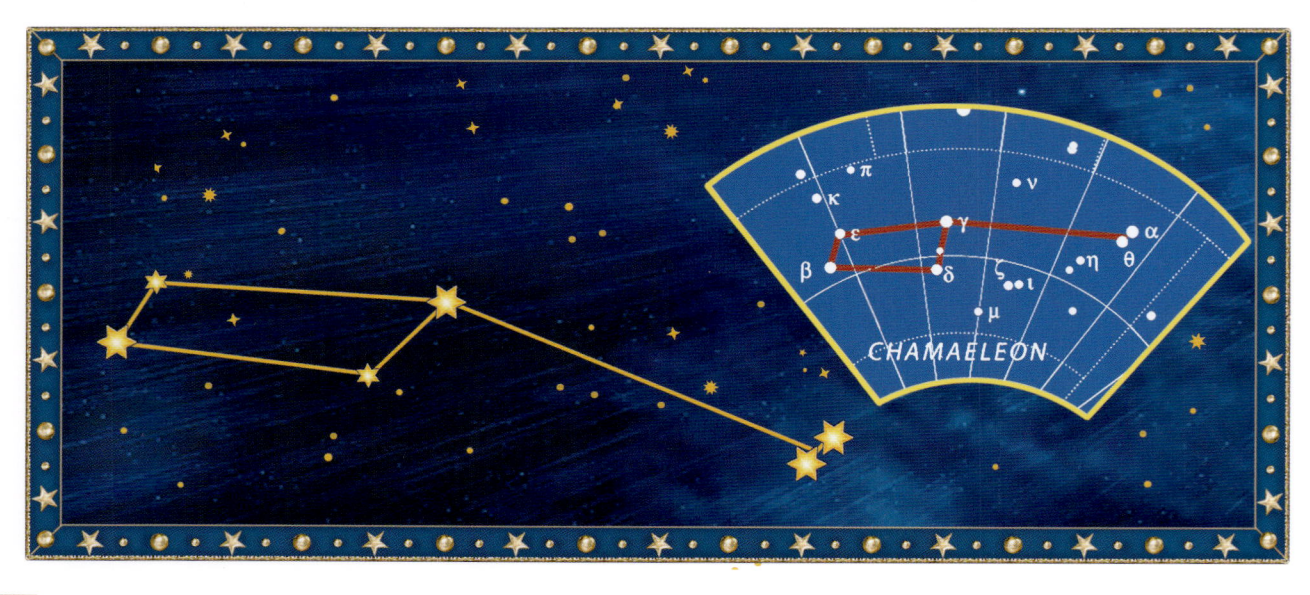

Прицепившись к ветке цепкими ногами и хвостом, животное в течение целого дня почти не меняет своего положения. Большие глаза хамелеона дают возможность, не поворачивая головы, смотреть вверх, вниз и вбок одновременно. Дело в том, что оба глаза хамелеона совершенно независимы друг от друга и двигаются каждый самостоятельно. Хамелеон может смотреть правым глазом вперёд или вверх и в то же время левым глазом – влево или вниз. Но вот хамелеон заметил насекомое, севшее неподалёку. Теперь оба глаза уставились на него. Однако сам хамелеон не сдвинулся с места, только повернул голову. И вдруг с быстротой молнии выкинул длинный (чуть не в длину собственного тела) язык и так же быстро втянул его обратно. Приклеившееся к языку насекомое очутилось во рту, а хамелеон снова застыл неподвижно.

Вообще хамелеон двигается мало и очень неохотно. Даже испытывая голод, он редко покидает облюбованный куст или дерево.

Но если хамелеон начинает двигаться, происходит чудо: его цвет меняется в зависимости от окружающих предметов и от собственного настроения. Кожа у этого животного прозрачная. Под ней располагаются чёрные, красные и жёлтые клетки, которые то сжимаются, то расширяются, окрашивая кожу в разные цвета.

Хамелеоны.
Гравюра М.К. Эшера, 1948 г.

Приспосабливаясь к окружающей среде, хамелеон мгновенно меняет окраску.

Нервная система посылает сигналы этим клеткам: ярость вызывает тёмный цвет, возбуждение или страх – бледные оттенки и жёлтые пятна. Солнечный свет тоже воздействует на окраску хамелеона. Жаркое солнце делает его чёрным, а в темноте он становится кремовым.

Окраска не всегда точно совпадает с фоном, но тем не менее она хорошо маскирует хамелеона. Такая защита ему необходима: ведь врагов у него много – и хищные звери, и птицы, а защищаться нечем.

Звёздному же ХАМЕЛЕОНУ никакие земные враги не страшны.

Ящерица

LACERTA

В 1660 году в звёздном атласе появилось новое созвездие, звёздочки которого напоминали блестящую чешую изящной ящерицы.

Ящерицы – а их существует около трёх тысяч видов – ближайшие родственницы крокодилов, черепах и змей. Одни ящерицы – совсем маленькие, не более 8 сантиметров, другие – вараны – достигают 2 метров, а драконы в Ост - Индии – это трёхметровые гиганты.

В Тихом океане на скалистых пустынных островах обитает ящерица гаттерия. Она знаменита тем, что имеет три глаза.

Эта ящерица – правнучка древних ископаемых ящеров: динозавров, бронтозавров и др. В давние времена у предков всех современных животных – рыб, птиц, зверей – было три глаза: два больших – по бокам головы, третий поменьше – на темени. Потом этот глаз перестал видеть и совсем исчез, а вот у гаттерий остался, правда, служит он плоховато, едва может свет от темноты отличить.

Ящерицы – проворные и неутомимые животные. Они обладают изрядной смекалкой и изворотливостью, которые помогают им защищаться от врагов. Ящерицы даже способны отбрасывать собственный хвост! Это часто спасает их, когда кто-то пытается их сзади схватить. О ящерицах можно рассказывать много, например, что они очень любят музыку.

Но это уже отдельная история и к звёздному небу отношения не имеет.

День Ящерицы.

Греки и римляне почитали ящерицу как воплощение живучести, плодовитости, мудрости. Тут её способность отбрасывать хвост и «воскресать» после зимней спячки ассоциировалась с возрождением из мёртвых. Ящерица была атрибутом богов: Афины, Гелиоса и Аполлона.

В священном календаре ацтеков тональпогуали четвёртый день каждого из двадцати месяцев назывался куецпалин, т.е. ящерица. Этот день ацтеки считали счастливым, когда быстрое действие может принести удачу скорее, чем долгие разговоры.

Южная Гидра · Муха

HYDRUS · MUSCA

Когда древние мореплаватели начали путешествовать в южных широтах, они увидели много новых созвездий и среди них одно, напоминающее Гидру. Они назвали это созвездие по подобию уже известного, только добавили: Южная.

С тех пор на звёздном небе находятся две гидры: созвездие ГИДРА, которое появилось после победы могучего Геракла над Лернейской Гидрой, и ЮЖНАЯ ГИДРА.

Легенда о Гидре и её вновь рождающихся головах была известна с древности. Но вот что удивительно. Оказывается, гидра действительно существует. Это маленькое, в 5 - 10 миллиметров длинной, существо, обитающее в водоёмах, обладает свойством возрождаться подобно мифической Гидре.

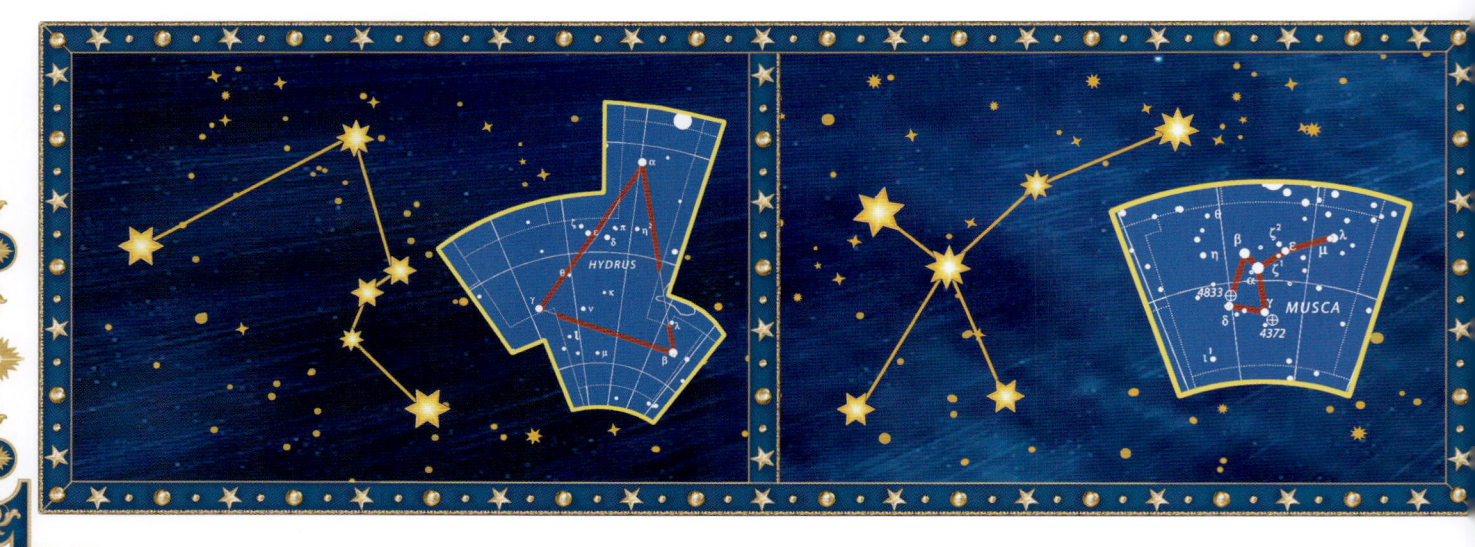

Конечно, у реальной гидры не появляются новые головы взамен отрубленных, у неё и одной-то головы нет. Но если её разрезать даже на очень маленькие кусочки, то каждый превратится в новую гидру. Утраченные части тела у неё легко восстанавливаются. Найти гидру проще всего под плавающими листьями водных растений. Присосавшись к нижней части листа, она распускает свои щупальца и становится похожей на крошечного осьминога. Охотится гидра на малюсеньких рачков, червячков, которых хватает своими ядовитыми щупальцами, убивает и мгновенно проглатывает.

У этой хищницы в морях и океанах много родственников. Это медузы, кораллы, актинии.

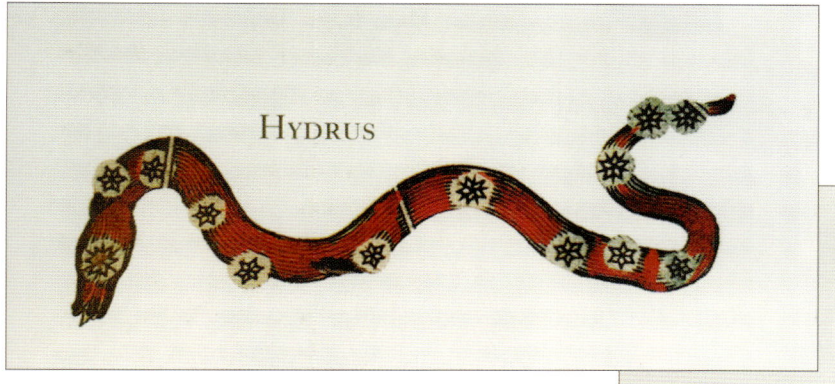

Гидра пресноводная под микроскопом.

Гидра (Hydra) и Южная Гидра (Hydrus) созвездия из атласа Целлариуса. В этом звёздном атласе одна из гидр женского рода, а вторая мужского.

Есть и такое созвездие – МУХА. За что этакая честь, что в ней особенного? На первый взгляд ничего. Только надоедлива очень. Но если приглядеться к мухам получше, можно узнать о них много интересного. Как мухи воспринимают наш мир? Что они видят в нём своими мушиными глазами?

Вообрази, например, что муха «решит» в свободное время посетить кинотеатр. Уверяем, она будет «разочарована»: человеческое кино ей покажется монотонной сменой отдельных картинок. Каждый, наверное, видел киноленту. На ней – маленькие кадрики. Если плёнку пропускать через киноаппарат со скоростью 24 кадра в секунду, то получится нормальное для человека изображение. А для восприятия кино мухами понадобилась бы скорость 300 кадров в секунду. Глаза мухи рассчитаны на быстро движущиеся предметы. Человек и не заметит, что там промелькнуло мимо, а муха на лету успеет, как следует разглядеть даже детали...

Мир вокруг нас чрезвычайно разнообразен и интересен. Каждое живое существо – по-своему удивительное явление, заслуживающее внимания, изучения и даже (в случае особого везения) места на небосводе.

Журавль

GRUS

Какими только способностями не наделяли люди эту птицу! Ей приписывали возможность вызывать дождь и богатый урожай. У древних китайцев считалось, что журавль способен дарить долгую жизнь. Они украшали его изображениями полотенца, вазы, ширмы и даже стены, надеясь тем самым придать вещам волшебную силу. Для японцев журавль – символ бессмертия, уносящий на своих крыльях все печали и делающий людей счастливыми.

…В августе 1945 года в Японии произошла страшная трагедия: на два города были сброшены атомные бомбы. Миллионы людей в мгновение превратились в пепел. Те же, кто не сгорел в том гигантском пожаре, оказались обречёнными на мучительную смерть от лучевой болезни.

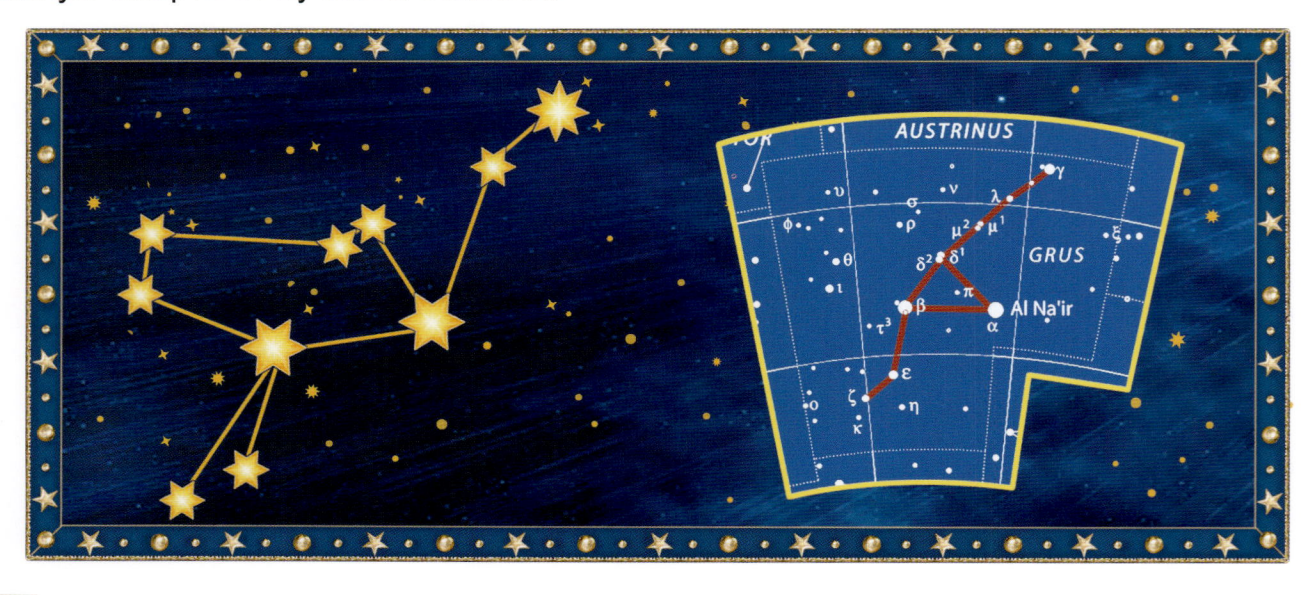

В городе Хиросима жила девочка по имени Садака Сасака. Она тоже заболела этой страшной болезнью и знала, что ей недолго осталось жить. Однажды девочка увидела стаю журавлей, с громким криком летящих к югу. И вспомнила она древнее поверье: если сделать своими руками десять тысяч журавликов, то они унесут прочь самую тяжёлую болезнь.

Девочка села за работу. Она мастерила из бумаги белых, синих, красных журавликов и каждого просила: «Подари мне жизнь!». Вскоре вся комната была заполнена разноцветными птицами. Но не смогли они совладать со страшной болезнью двадцатого века. Девочка умерла.

В память о погибших от атомных бомб детей в Японии возникло «Общество журавликов», борющееся за мир. Символом его стал бумажный журавлик – последняя надежда на спасение.

Наугольник

NORMA

Ни одно творение природы не похоже на другое: форма, цвет, размеры каждого таковы, что лучше придумать невозможно. Трудно представить, что бы произошло, если б нарушились пропорции существующего мира. Если бы люди и звери, например, были размерами со стоэтажные дома, им бы тесно было на нашей маленькой планете.

Но мир устроен разумно. И благодаря этому он существует. Природа позаботилась о своём творении.

Человек последовал примеру мудрой природы. И всё, что он делает – дома, машины, игрушки – отличаются красотой и удобством. Стоит вспомнить, как летит по небу самолёт, и сразу становится очевидным, что он выполнен с высоким мастерством.

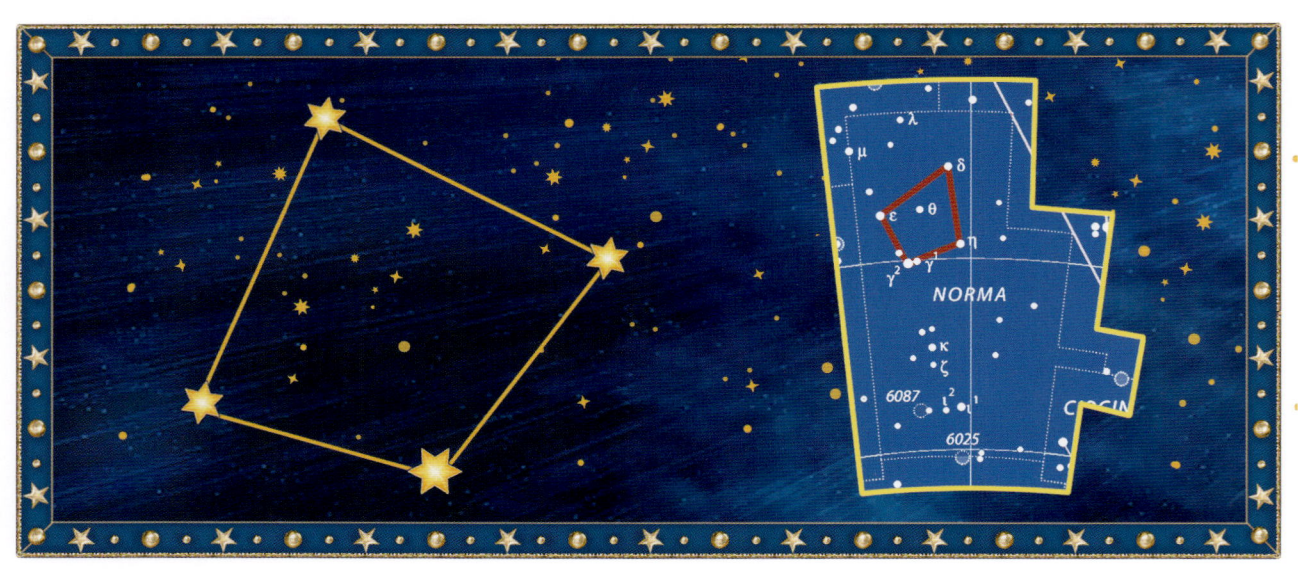

Самолёт состоит из тысячи деталей. Они не просто подходят друг к другу. А создают великолепную машину, которая, летая над облаками со сверхзвуковой скоростью, может перебросить пассажиров и грузы в любой уголок земного шара. Создание таких современных машин невозможно без создания чертежей.

Главная особенность чертежей — это точность исполнения. Поэтому они выполняются при помощи специальных инструментов. Самые простые чертёжные инструменты — линейка, угольник, циркуль.

Астрономы решили, что чертежи очень важны в жизни людей и украсили звёздное небо созвездиями УГЛОМЕР и ЛИНЕЙКА, которые впоследствии заменили просто на НАУГОЛЬНИК.

Наугольник — старинный столярный инструмент, применяемый для построения углов. Известен с глубокой древности, использовался в работе каменщиков и плотников. Вместе с циркулем является одним из символов их работы. В произведениях искусства использовался для передачи образа геометрии как науки.

Циркуль и линейка имели ещё особый смысл. Расположенный внизу наугольник — это человеческая мудрость, человеческий разум, который вмещает в себе всю ту сумму информации, которую он способен вместить. Но наугольник не может быть развёрнут. Он поломается. А циркуль очерчивает круг — это божественная премудрость. Сочетание наугольника и циркуля — это человеческий ум и божественная премудрость. Ум человеческий понимает, божественный разум объемлет.

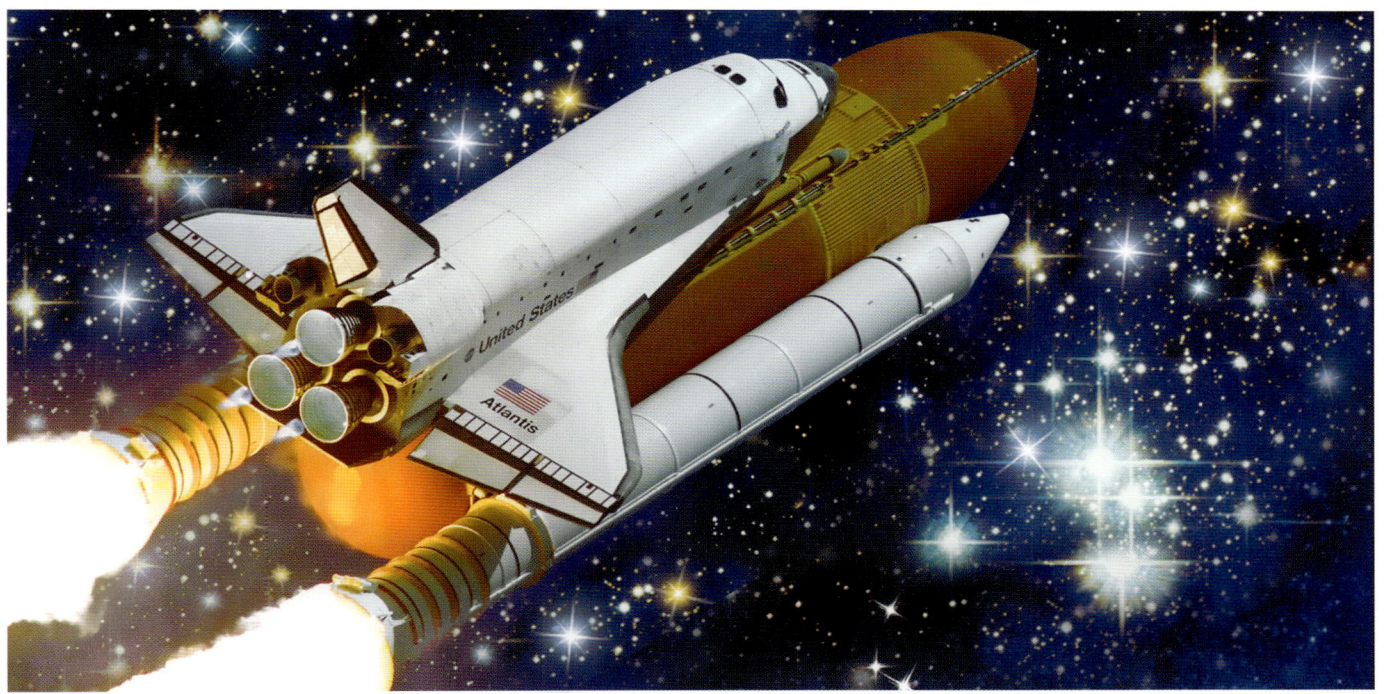

Сконструировать самолёт сложно, а ракету — ещё сложнее. Сейчас конструкторы пользуются современными сверхмощными компьютерами, но когда создавали первые ракеты и спутники, компьютеров ещё не было. И чертежи выполнялись при помощи самых простых чертёжных инструментов.

Щит

SCUTUM

Щит Собесского — так первоначально это созвездие называлось в честь известного польского полководца.

Ян Собесский родился в 1629 году в Польше. В то время в Европе шли жестокие войны. Европейским государствам угрожала Османская (турецкая) империя. Когда Ян вырос, он обучился военному мастерству и стал великим военачальником. Был он сильный духом и смелый душой, любил свою страну и добывал для неё победу за победой. Став королём Польши, он получил имя Ян Третий.

В 1683 году турецкие войска окружили австрийский город Вену, желая захватить его, уничтожить, а потом подчинить себе всю Европу.

Командовал османской армией Кара Мустафа. Имел он чёрствое сердце и жес-

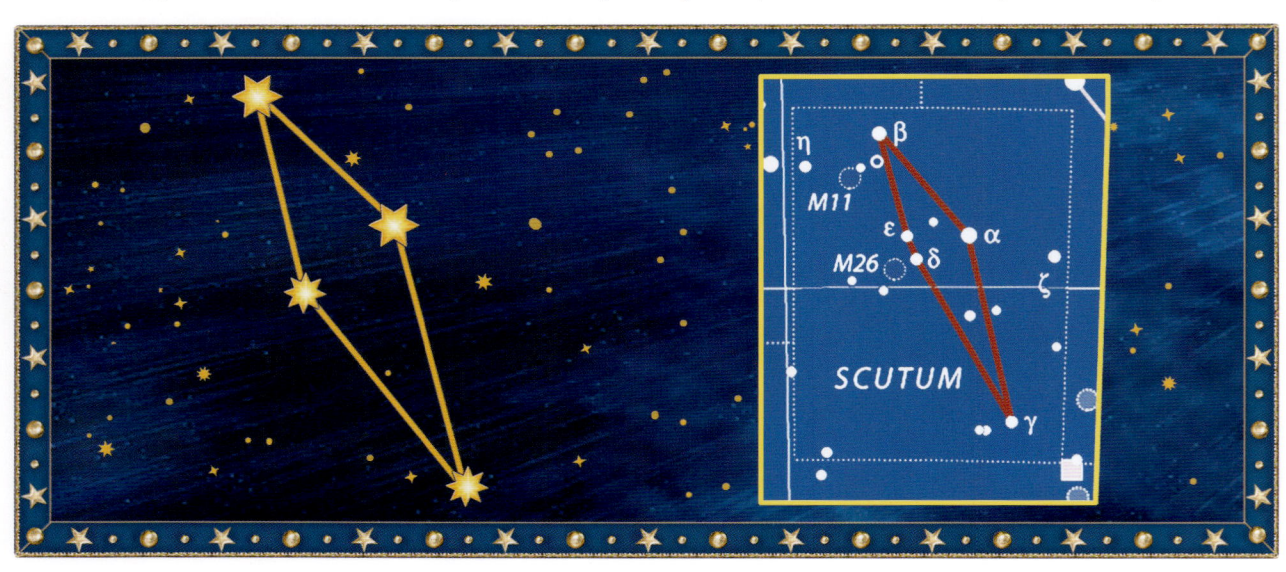

Созвездие Щита Собесского.
Иллюстрация из астрономического атласа «Уранография» Яна Гевелия.

токий нрав. Три месяца длилась осада Вены. Турецкие орудия делали всё новые и новые пробоины в крепостных стенах. Город стал беззащитным.

Турки готовились к предстоящей победе. Но наутро на помощь осаждённым подошла армия Собесского и обрушилась на захватчиков. Завязалась кровавая битва. Турки бежали. Вена была спасена! Европа никогда больше не подвергалась угрозе турецкого вторжения.

Блистательные победы великого полководца увенчаны не менее блистательным памятником – созвездием ЩИТ.

Ян Собесский – великий польский полководец, спасший Европу от османского ига.

Столовая Гора

MENSA

Великие мореплаватели совершали свои путешествия и заполняли географическую карту Земли. А астрономы, проводя наблюдения, заполняли звёздную карту неба. И им тоже приходилось много путешествовать, чтобы совершать свои открытия. Дело в том, что с одного места на Земле нельзя увидеть все звёзды одновременно. Звёздные узоры ночного неба Южного полушария, отличаются от тех, которые видны в Северном полушарии.

На краю земли, на самом юге Африки выступает в море мыс Доброй Надежды. На нём расположена необычная гора с плоской, как стол, вершиной. Поэтому она и называется Столовая гора.

Для того чтобы описать созвездия южного неба, французский астроном Никола Луи Лакайль в 1760 году выбрал именно эту гору. Каждый вечер он взбирался на неё, устанавливал свои приборы и вглядывался в безмолвную звёздную даль. Не всегда условия для наблюдения были благоприятны, но трудолюбивый астроном, сидя тёмными ночами, кропотливо изучал небесные рисунки. Лакайль определил положение 10035 звёзд и предложил названия свыше десяти новым южным созвездиям.

Луи Лакайль отличался бескорыстием и беспристрастностью: группируя звёзды, он мог бы наделять их именами королей и вельмож. Вместо этого своим открытиям он давал названия различных приборов. Так появились на небе Наугольник, Микроскоп, Телескоп и другие.

В память о своём пребывании на мысе Доброй Надежды одно из созвездий южного неба великий звездочёт назвал СТОЛОВАЯ ГОРА.

Всякая похвала недостаточна, чтобы оценить труд великого астронома Луи Лакайля, но сияет в небе созвездие СТОЛОВАЯ ГОРА, как лучший памятник выдающемуся звездочёту.

Созвездие Столовая Гора – это единственная группа звёзд, связанная с конкретной местностью – Столовой Горой, расположенной к югу от Кейптауна.

Телескоп   Микроскоп

TELESCOPIUM   **MICROSCOPIUM**

С каждым годом ночное небо открывало людям удивительные тайны и становилось всё понятнее. Но человеческие глаза не в состоянии рассмотреть очень далёкое и совсем маленькое. Поэтому люди вооружились оптическими приборами.

В 1610 году великий итальянский учёный Галилео Галилей начал наблюдать звёзды с помощью трубы с двумя стёклами, которую назвал **телескоп**. Это слово греческое, состоит из двух частей: **теле** – далеко и **скоп** – наблюдаю.

Его изобретение дало миру множество открытий. Наша ближайшая космическая соседка Луна, оказалось, имеет горы и долины. А Млечный Путь при сильном увеличении рассыпался на миллионы звёзд.

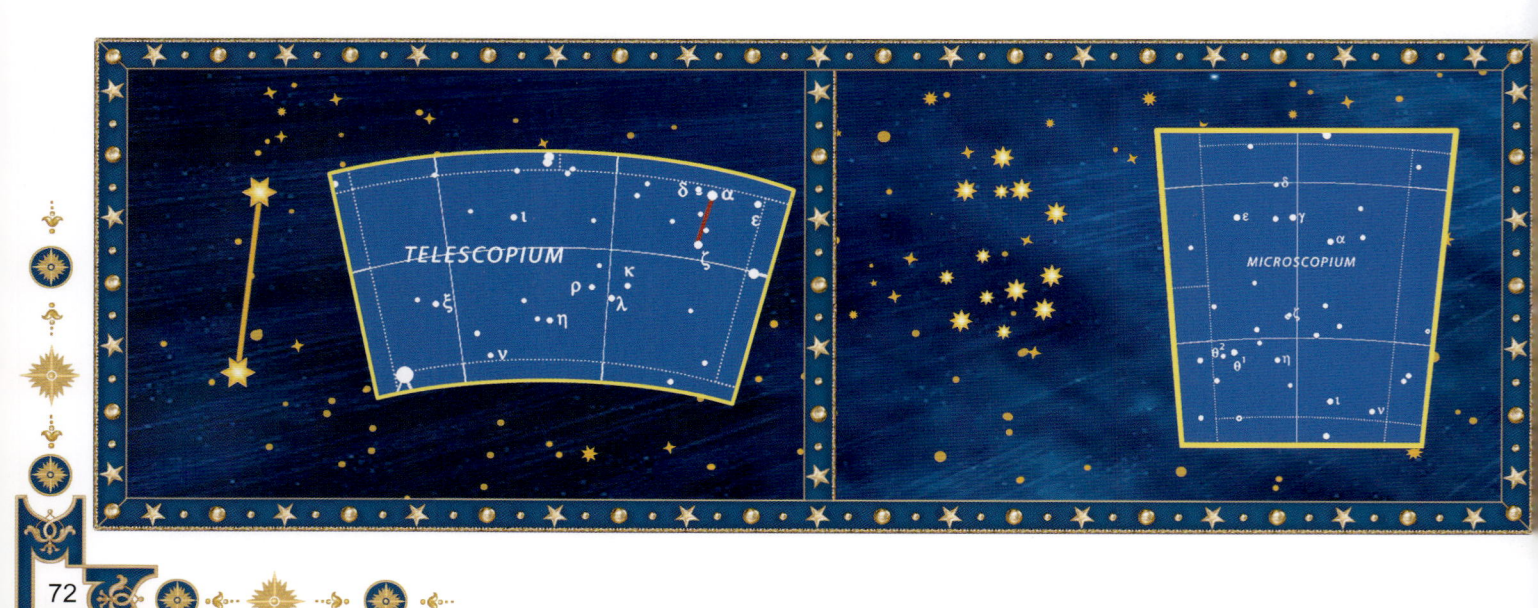

Расширился круг людей, изучающих космос. Среди них было немало талантливых «любителей». Английский учитель музыки Уильям Гершель своё первое наблюдение с помощью самодельного телескопа провёл 4 марта 1774 года. А через пять лет он, открыв новую, седьмую планету Солнечной системы – Уран, получил деньги на постройку большого телескопа. Даже в наше время этот телескоп кажется огромным. Диаметр его зеркала – 122 сантиметра.

Гершеля недаром называют основоположником звёздной астрономии: он первый нашёл способ выяснить форму Галактики и доказал, что звёзды располагаются в ней по строгим законам. В центре – их много, к окраине количество звёзд убывает.

В память о гениальном английском звездочёте появилось на звёздных картах название Телескоп Гершеля, сокращённое со временем до одного слова, столь почитаемого астрономами всех времён и народов.

Радиотелескоп (от лат. radio – излучаю, от греч. tele – вдаль и skopio – смотрю). Система радиотелескопов в Нью-Мехико, США. Все 27 чаш системы действуют как единая атенна диаметром 27 км.

Первый телескоп Галилео Галилея.

Телескоп Гершеля.

На орбите работает летающий телескоп «Хаббл» размером с автобус. Он делает самые яркие снимки. Учёные управляют им с Земли.

Телескоп Ньютона.

Во сколько раз современный телескоп «зорче» человеческого глаза?

Чем больше света «соберёт» оптический прибор, тем менее яркие и более далёкие объекты он «увидит». Именно поэтому зеркала телескопов становятся всё больше и больше. Рабочая площадь зеркала телескопа диаметром 8 метров равна примерно 48 квадратным метрам, а площадь человеческого зрачка в сумерках — примерно 20 квадратным миллиметрам. Телескоп соберёт во столько раз больше света, во сколько его площадь больше площади зрачка, то есть приблизительно в два с половиной миллиона раз!

Современная обсерватория.
Обсерватория — здание, где установлены телескопы и астрономы ведут свои наблюдения.

Телескоп и **микроскоп** – два очень похожих прибора. Они родились почти одновременно из сочетания оптики и механики. Но если телескоп предназначен для изучения небесных тел, дальних галактик, огромных просторов Вселенной, то микроскоп ввёл человека в микромир («микрос» в переводе с греческого «маленький»).

Двести лет назад никому в голову не приходило, что рядом с нами, внутри и вокруг нас, существует огромный мир «невидимок». И что невидимки эти опасны. Может быть, это покажется кому-то смешным, но раньше врачи мыли руки не перед осмотром больного, а после. Так поступали даже хирурги, не подозревая, что последующие тяжёлые осложнения у больного напрямую зависят от того факта, что на невымытых руках есть микробы – разносчики инфекции. Учёные открыли этот удивительный мир при помощи прибора микроскопа, который сильно увеличивал рассматриваемый предмет.

Мы стали зорче именно тогда, когда к нам на помощь пришли микроскопы.

Сегодня человеку трудно обойтись без микроскопа почти в любой отрасли науки и промышленности. Учёные, затаив дыхание, пристально всматриваются через окуляр микроскопа в разворачивающиеся перед ними туманные дали микромира, не менее интересного, чем горизонт звёздного неба…

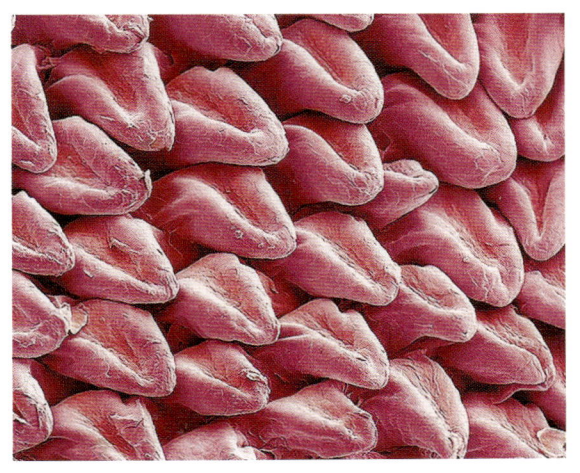

Микроскоп Гука. Гравюра из «Микрографии».

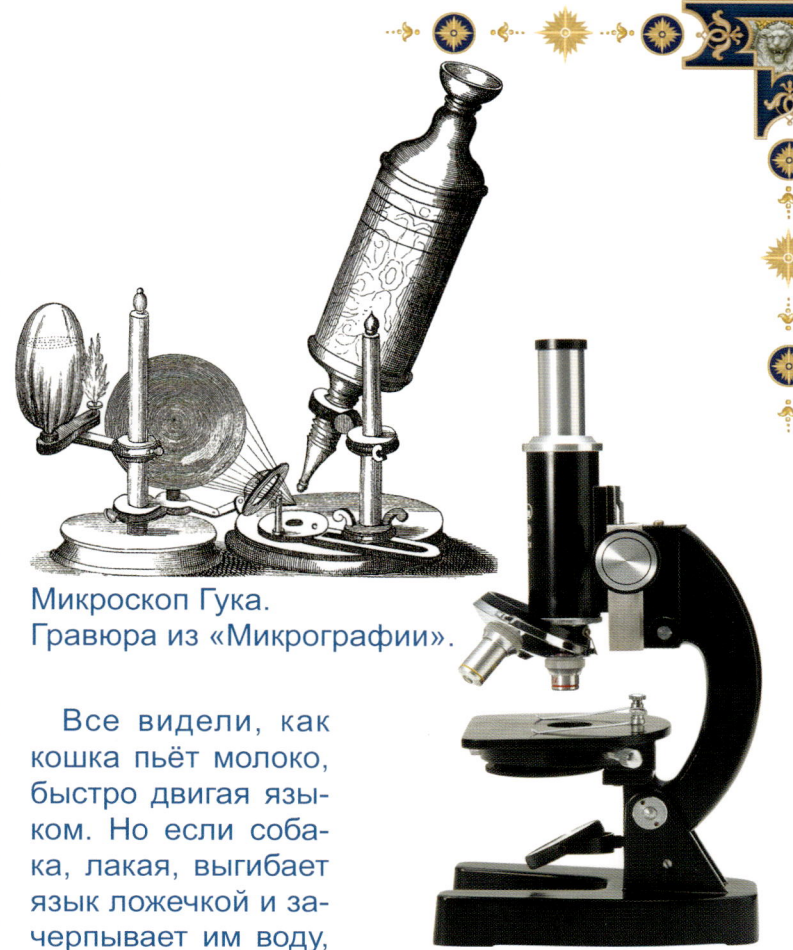

Все видели, как кошка пьёт молоко, быстро двигая языком. Но если собака, лакая, выгибает язык ложечкой и зачерпывает им воду, то кошка ничего подобного не делает. Как же в таком случае кошка пьёт молоко? Сфотографировав язык кошки при помощи микроскопа люди увидели, что он покрыт множеством сосочков, между которыми задерживается молоко. Застревая между сосочками языка, молоко оказывается у кошки во рту.

Школьный микроскоп.

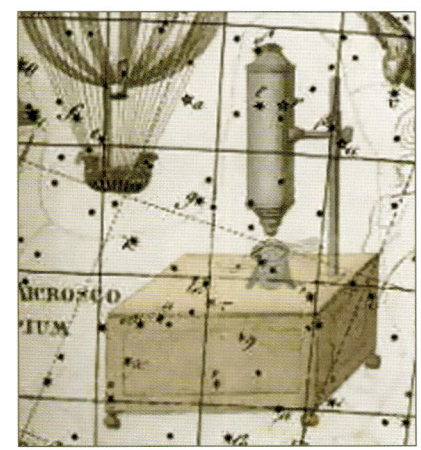

Созвездие Микроскоп из «Уранографии» Боде. 1801 г.

Язык кошки под микроскопом.

Насос

ANTLIA

Отправляясь в дальнее плаванье, мореходы подвергали себя страшной опасности. «Семь сантиметров до смерти», - так называли древние свои странствия. Такова толщина корабельной доски, которая отделяла людей от морской пучины. Деревянные суда легко можно было пробить подводными рифами или острыми скалами, и если корабль получал пробоину, то морякам, чтобы не погибнуть, приходилось вручную вёдрами вычерпывать воду.

Так было до тех пор, пока не изобрели насос. Насос – это устройство для перемещения жидкости или газа.

Первый поршневой насос для тушения пожара, который изобрёл древнегреческий механик Ктесибий, описан ещё в первом веке в одном из сочинений выдающегося

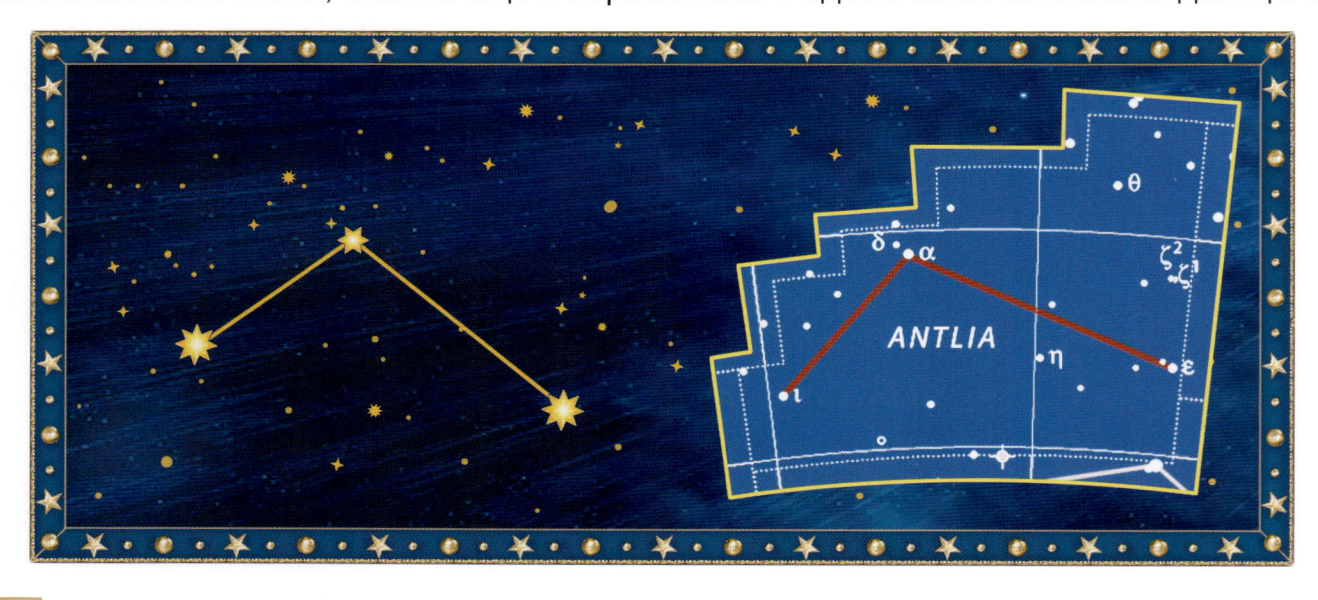

Насос для первых пожарных машин.

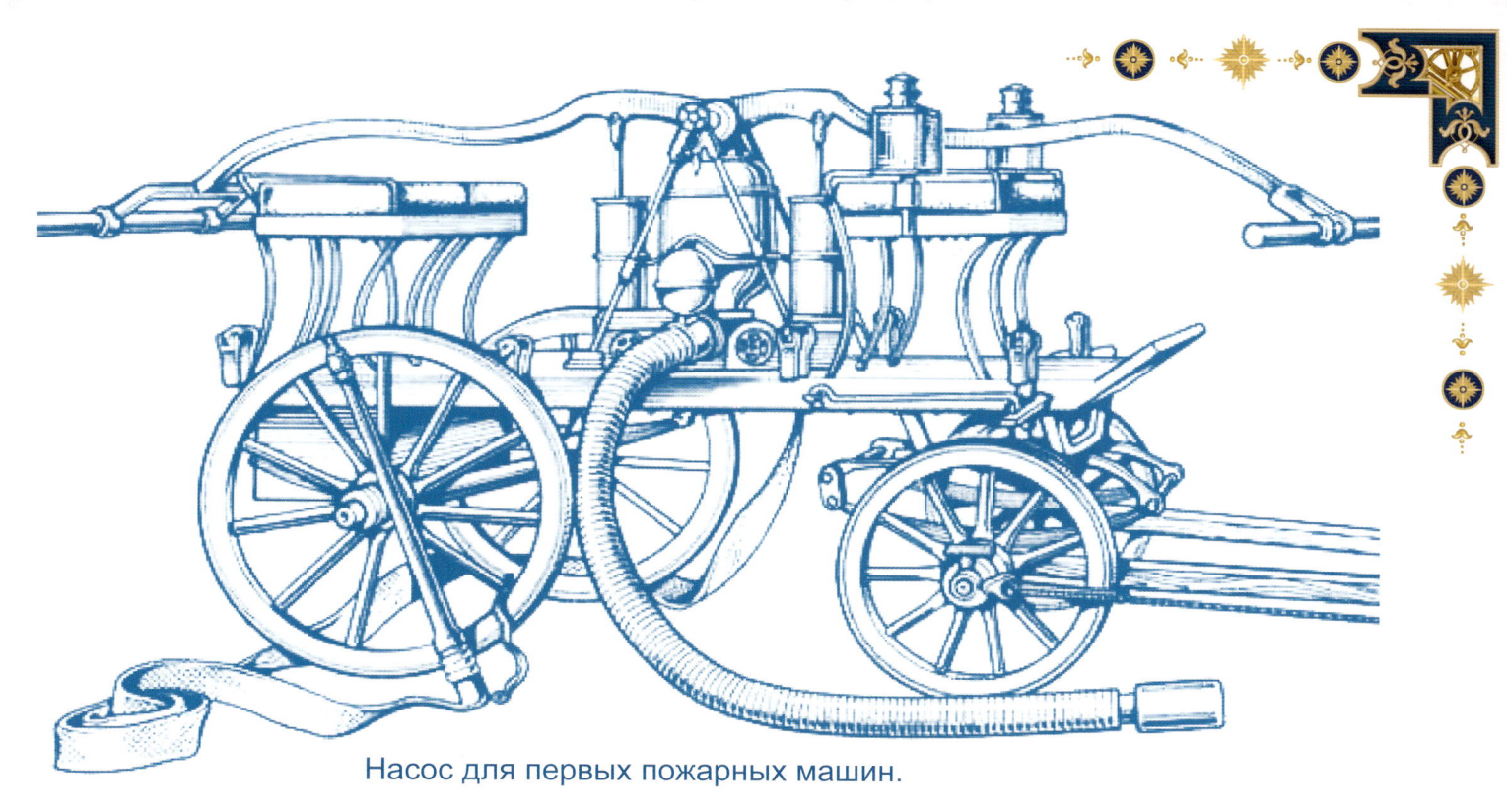

математика Герона. В средние века насосы использовались в гидравлической машине. Ещё чаще они стали применяться с изобретением паровых машин.

В современном мире без насосов не может работать ни одно предприятие. Они выкачивают воду из рек и подают её в шлюзы и каналы, поднимают нефть из глубочайших скважин и гонят её по трубам за многие тысячи километров. Есть насосы на молокозаводах и у каждой бензоколонки. Насосами оборудованы пожарные автомобили и суда. Мощные насосы подают воду к нам в дом. Словом, они всюду, в том числе и на небе.

Старинная пожарная машина.

Печь

FORNAX

Современная наука химия выросла из учения, которое звалось алхимией. В средние века исследователи, занимавшиеся превращениями веществ, считались колдунами, их пытали и заживо сжигали на кострах. Чтобы стать в то время учёным, нужно было быть не только любознательным, но и смелым человеком.

Свои лаборатории алхимики устраивали в мрачных подвалах и глухих подземельях, чтобы посторонний не мог узнать их тайну. А формулы и записи зашифровывали. Например, рисунок «рыба в огне» обозначал соединение ртути с серой, «дверной ключ» — поваренную соль.

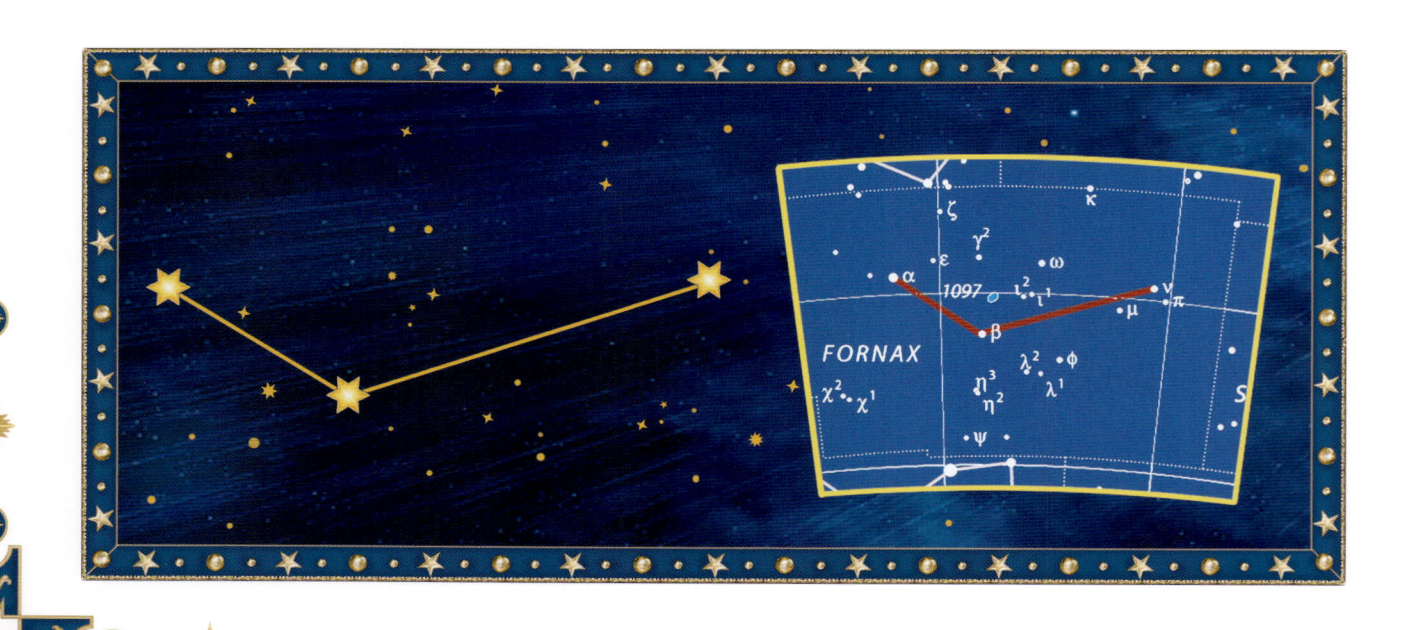

Алхимики искали **философский камень**, который мог бы превращать все металлы в золото. А ещё они мечтали изобрести **эликсир жизни** – лекарство, дающее людям вечную молодость. Производя опыты, алхимики исследовали всё, что возможно: глину, металл, камни, дерево, воду, кровь, дым, мел, свинец… Они нагревали эти вещества, выпаривали, замораживали, пробовали их на вкус, растворяли, смешивали… Но так и не нашли ни философского камня, ни эликсира молодости.

Однако в погоне за несбыточной мечтой алхимики накопили массу полезных знаний и сделали много открытий. Они изобрели порох. Нашли способ изготовления драгоценного фарфора. Объяснили природу огня. Доказали, что никакое вещество нельзя бесследно уничтожить, а можно лишь перевести из одного состояния в другое.

Так они прокладывали дорогу науке химии. В её честь одно из созвездий получило имя Химический снаряд, затем оно стало называться Химическая печь, а теперь просто ПЕЧЬ.

Лаборатория алхимиков Средневековья. Старинная гравюра.

Характерной особенностью лаборатории средневекового алхимика была её абсолютная недоступность для посторонних глаз. Лишь в более поздние времена алхимики стали работать не в тайных помещениях и подвалах. Примером этого может служить знаменитая «Золотая улочка» Пражского Града.

Раймонд Луллий (1235-1315 гг.) — один из самых известных алхимиков Средневековья. Он создал машину из множества концентрических колец для изучения истины. Современная наука свидетельствует: именно идеи Луллия могли явиться гениальным предвидением комбинаторного анализа – важнейшего раздела математики.

Созвездие Печь из звёздного атласа Боде.

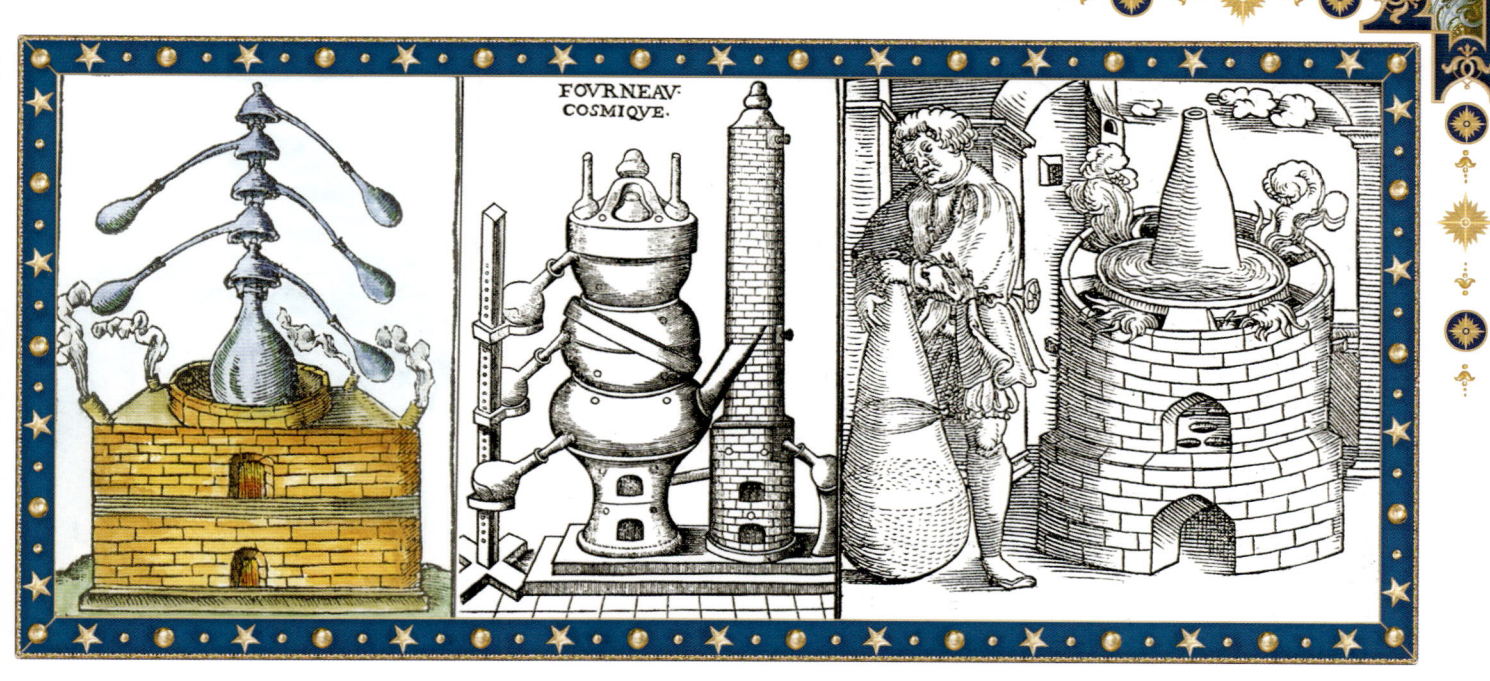

Иллюстрации химических печей из старинных алхимических манускриптов.

Картинка со средневекового алхимического манускрипта.

«Алхимия» происходит от греко-арабских слов «als» — соль и «kija» — наливание, настаивание. По другой версии, слово имеет египетский корень «kemet», или «чернозём», указывающий на ил, который отлагается вдоль берегов Нила.

Предметом, совершившим революцию в науке, стал перегонный куб, изобретённый великим учёным Авиценной около 1000 года. При помощи этого агрегата алхимики Востока, а потом и Запада, пытались получить эликсир жизни, так называемую пятую сущность, или по-латыни **квинтэссенцию**.

Герметический сосуд представляет собой перегонный куб или плавильный тигель и является тем таинственным местом, где происходят превращения материи и духа. Название происходит от латинского vas Hermeticus - сосуд, ваза Гермеса. Отсюда произошло название «герметический», т.е. плотно закрытый, не пропускающий воздух. Характеристики: имеет сферическую или яйцевидную форму, напоминающую образ космоса. Это своего рода матрица, в которой созревает алхимическое творение.

«Священный павлин» Миниатюра из сочинения С. Трисмозина «Великолепие Солнца». XVI век. Лондон, Британская библиотека.

Не все эксперименты проходили удачно.

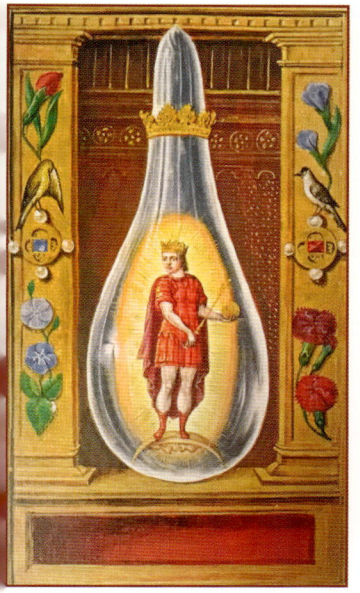

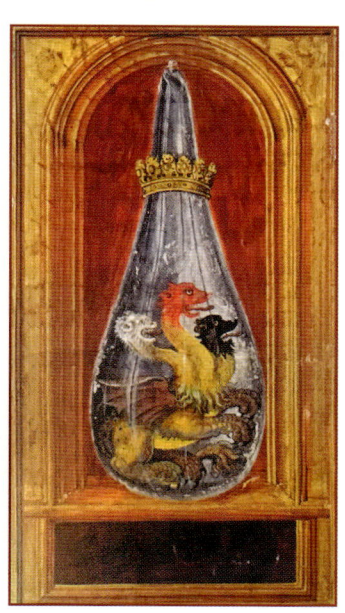

«**Красное Золото Философов**», «**Трёхглавый серый Феникс**», «**Алхимический дракон**». Миниатюры из сочинения С. Трисмозина «Великолепие Солнца». XVI век. Британская библиотека. Лондон.

Резец

CAELUM

Созвездие РЕЗЕЦ вошло в историю астрономии как Резец гравёра. Так поначалу назвал его астроном Лакайль.

Что же необычного в стальном резце? Как им работают?

Сначала с его помощью художник-гравёр вырезает рисунок на металлической или деревянной пластине. Затем наносит на пластину краску и прижимает лист бумаги. Так получается изображение – *гравюра*. Её с лёгкостью можно отпечатать много раз. Раньше, когда каждый рисунок в книге делался вручную, на её изготовление уходило очень много времени. Это была дорогая и редкая в доме вещь. Когда в Европе научились книгопечатанию, для воспроизведения рисунков стали использоваться гравюры, и книги стали гораздо доступнее.

В пятнадцатом веке появляется много книг не только литературных, но и научных: в них наглядно изображалось устройство Солнечной системы, строение растений, чертежи механизмов и машин. И конечно, бесценную помощь гравюра оказала в изучении изобразительного искусства.

Невозможно объехать все музеи мира и посмотреть все шедевры. Зато познакомиться с их копиями, репродукциями теперь легко в любом уголке земного шара. В современных типографиях всё уже автоматизировано, и ручной резец не используется. Но когда ты, юный читатель, возьмёшь в руки книгу с красивыми картинками — такую, например, как эта, — вспомни о замечательном инструменте, который когда-то совершил настоящую революцию в книгопечатании.

В старинной гравировальной мастерской и печатне (типографии).

Заглавные буквы печатных книг были такими же красивыми, как и рукописные.

28 ноября 1650 года Ян Амос Коменский – чешский учёный, основоположник научной педагогики сказал: «Я усматриваю причину вашего медленного продвижения вперёд в том, что вы недостаточно осведомлены в полезных книгах, носителях знаний.
Стремящемуся к образованию следует ценить книги превыше золота и драгоценных камней. Ведь именно книги могут привести стремящегося к мудрости, к вершине желаний, а не золото и не серебро.

Подобно самым надёжным друзьям, книги беседуют с нами; искренне, откровенно, без прикрас говорят они на какие угодно темы, учат нас, наставляют, ободряют, утешают. Ничто более, чем книги, не поддерживает жизнь памяти и ума. Не почитать их – значит не почитать мудрость; не почитать мудрость – значит уподобиться скотам. Остерегайтесь, дорогие, чтобы не случилось с вами, как с большинством смертных, что вы в течение всей жизни так и не начали мыслить!»

ЗВЁЗДНЫЙ: Вот ты и узнал историю всех созвездий.
ГНОМ: Да, но я не видел среди звёзд ни Львов,
ни Медведей, ни Дракона.
ЗВЁЗДНЫЙ: Не надо думать, что по небу бредут
медведи. Созвездия придумали люди.
А чтобы раскрыть тайны звёздного неба,
мы отправимся в гости к Урании.

Урания

Урания зовёт нас погрузиться в созерцание величественного бега звёзд. Это муза науки и астрономии, мудрейшая из всех муз, самая знающая и умная. Названа она в честь Урана, бога неба. Она молода и прекрасна. Одета в звёздный плащ, на голове – корона из созвездий. В руках Урании – небесный глобус и циркуль, им она высчитывает расстояние между звёздами. Муза Урания покровительствует астрономии. Она пробуждает в людях тягу к познанию, развивает у них интерес к таинственному и прекрасному – небу и звёздам.

Звездочёты древности

Уран – бог Неба. Создатель всего существующего мира.

Люди с Древних времён пытались понять, что происходит во Вселенной. **Вселенная** – это абсолютно всё, что существует на свете, от мельчайших частиц до звёзд и галактик. На многих языках она звучит как «universum» – мир в целом. Отсюда произошло слово «универсальный» (всеобщий, всеохватывающий). Внимательно изучая окружающий их мир, люди заметили, что он удивительно гармоничен, что всё в нём следует установленному порядку: днём светит Солнце, ночью появляются звёзды и Луна. Поэтому они дали Вселенной ещё одно название – **космос** (от греческого слова kosmos – «порядок»). Древние наблюдатели воспринимали мир земной и небесный в очень тесной взаимосвязи. Поэтому, чтобы понять жизнь на земле, они изучали звёзды и планеты. Так появилась **астрономия** – наука о небесных телах и космических явлениях. Её название получилось из двух слов «астрон» – «звезда» и «номос» – «закон» Учёных, которые изучали звёздное небо, в древности называли звездочётами.

Астрономия в Древнем Египте была необходима, потому что периоды разлива Нила вычислялись по звезде Сириус. Ещё 4000 лет назад египтяне составили календарь, определили продолжительность года, объединили звёзды в созвездия.

Вавилонские звездочёты умели отличить звёзды от планет, которым дали особые названия, и установили годичный путь Солнца и Луны по двенадцати зодиакальным созвездиям.

В Средние века арабские астрономы построили множество обсерваторий, открыли новые звёзды и дали им названия. Поэтому многие яркие звёзды носят арабские имена. Главным трудом учёных были «Звёздные таблицы», содержавшие описание 1018 звёзд.

Астрономы Древней Греции умели ориентироваться по звёздам. Ещё во II веке до н.э. Гиппарх создал систему, которая позволила вычислять положение планет на небе. А также звёздный каталог (список) «неподвижных звёзд».

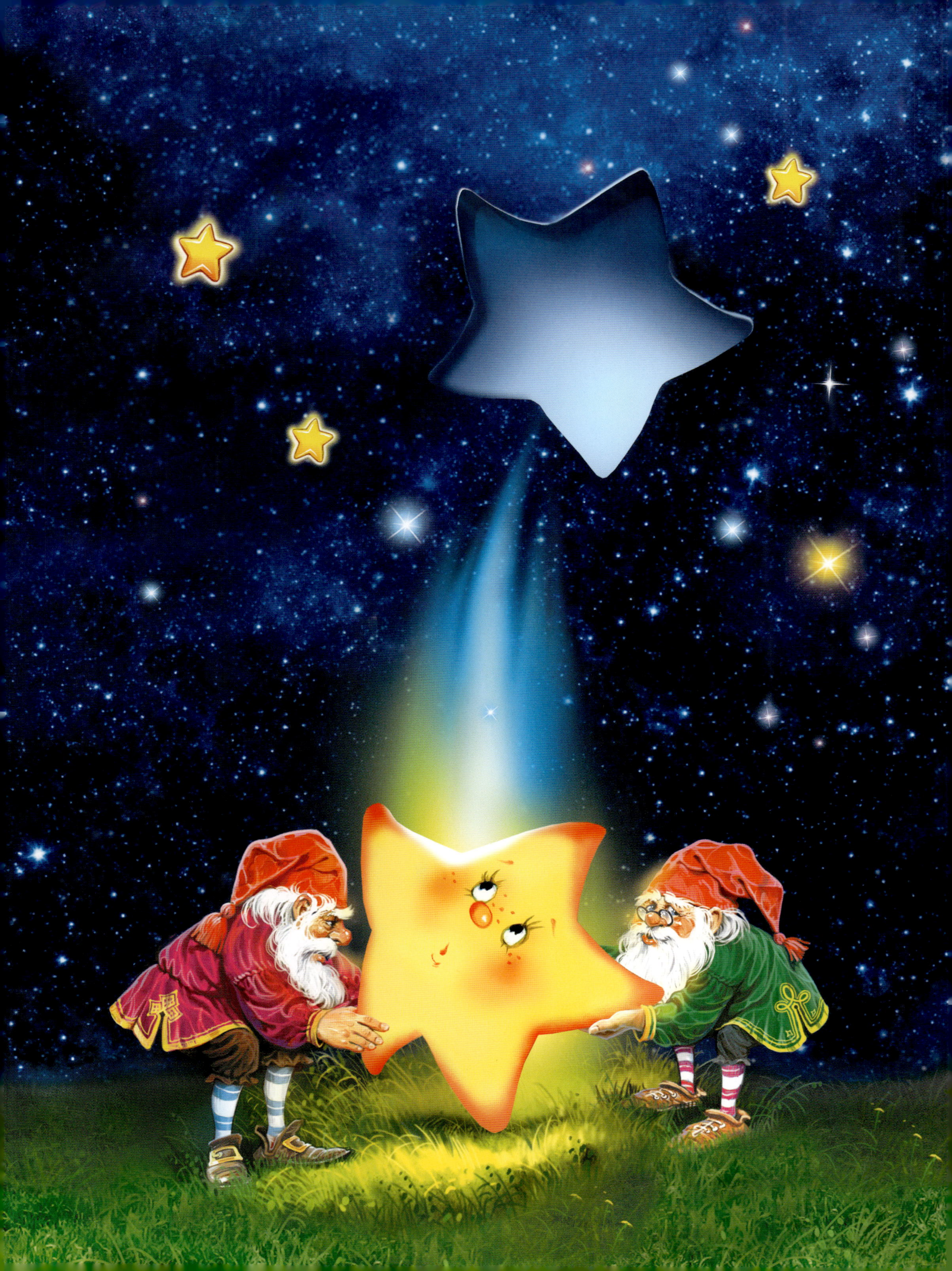

Раньше люди считали, что звёзды прибиты к небосводу золотыми гвоздиками.

Над землёю ночью поздней,
Только руку протяни,
Ты ухватишься за звёзды:
Рядом кажутся они.

Можно взять перо Павлина
Тронуть стрелки на Часах,
Покататься на Дельфине,
Покачаться на Весах.

Над Землёю ночью поздней,
Если бросить в небо взгляд,
Ты увидишь, словно гроздья,
Там созвездия висят.

Над землёю ночью поздней,
Только руку протяни,
Ты ухватишься за звёзды
Рядом кажутся они.

Аркадий Хайт

Северное полушарие

Все созвездия, которые окружают нашу планету, мысленно делятся воображаемой окружностью – небесным **экватором** – на два полушария. Полушарие неба, где находится Полярная звезда, называется Северным, другое полушарие – Южным. Если ты живёшь в Северном полушарии, то можешь наблюдать созвездия, изображённые на рисунке на этой странице, почти круглый год.

Астрономы поделили всё небо на 88 созвездий.

На картах звёздного неба схематически представлены все созвездия.

Южное полушарие

Жители Южного полушария могут большую часть года видеть созвездия, нарисованные на рисунке на этой странице.

А на экваторе можно наблюдать созвездия, относящиеся к обеим этим картам.

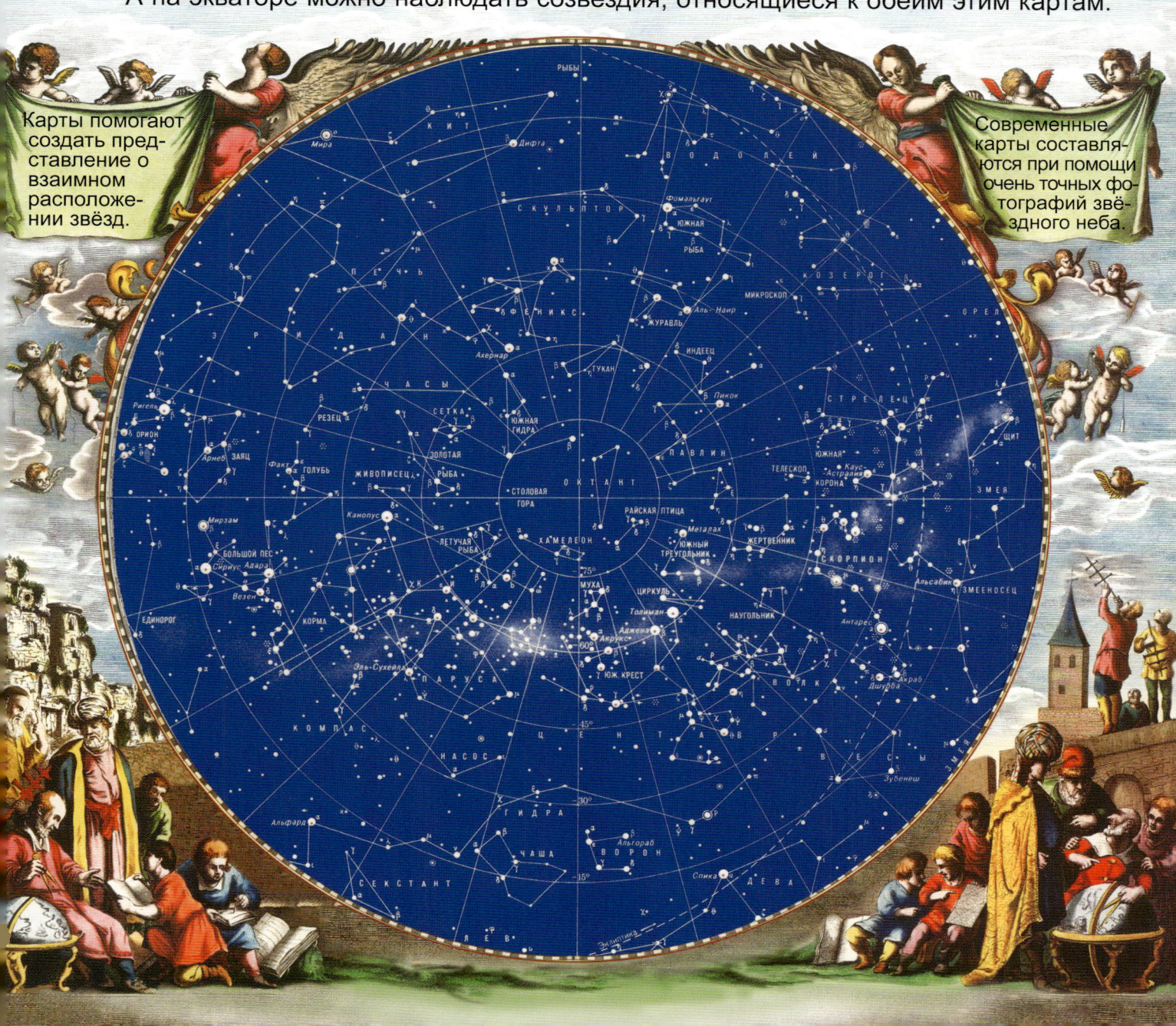

Карты помогают создать представление о взаимном расположении звёзд.

Современные карты составляются при помощи очень точных фотографий звёздного неба.

Созвездия в небе и на картах

Откуда на небе появились созвездия?

Их придумали люди. В древности огней в городах было намного меньше, звёзды светились ярче. И люди чаще любовались ими, чем теперь. Они смотрели на ночное небо, видели тысячи мерцающих огней. Самые яркие из них соединяли в фигуры и картины, давали им имена. Вот такие звёздные фигуры, созданные воображением человека, и назвали **созвездиями**.

Рассмотрим созвездие **Близнецы**.

Таким мы видим это созвездие на небе – просто группа звёзд. Почему Близнецы? Потому что человеческий глаз хочет видеть осмысленные образы.

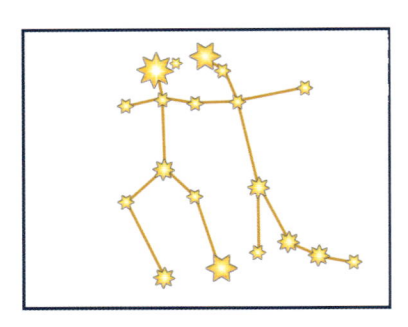

Если эти звёзды мысленно соединить между собой прямыми линиями, то получится звёздная фигура, которая как будто вписывается в своё имя.

На звёздных картах древних астрономов это созвездие выглядит так.

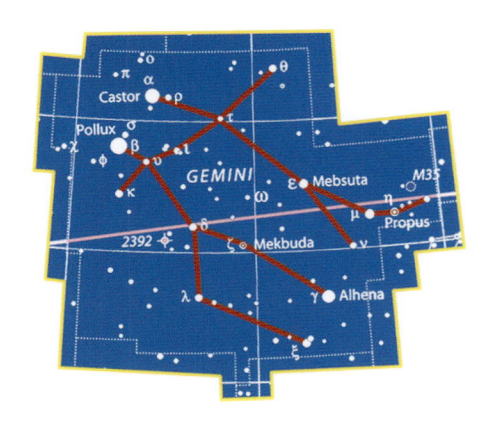

Сейчас под созвездием понимают целую область на небе. Сюда входят все светила, которые находятся в определённых границах.

ВНУТРИ СОЗВЕЗДИЯ

В астрономии всегда нужно ясно отличать видимое от действительного. Когда мы смотрим на ночное небо, нам кажется, что звёзды одного и того же созвездия находятся недалеко друг от друга и лежат на одной плоскости. Просто, наблюдая с Земли, мы видим, что свет этих звёзд падает в одно место и образует звёздный рисунок. В то время как другие звёзды, посылающие свой свет, находятся хоть и ближе друг к другу, но их проекции не попадают на один участок неба. Рассмотрим одно из самых красивых созвездий зимнего неба – **Орион**:

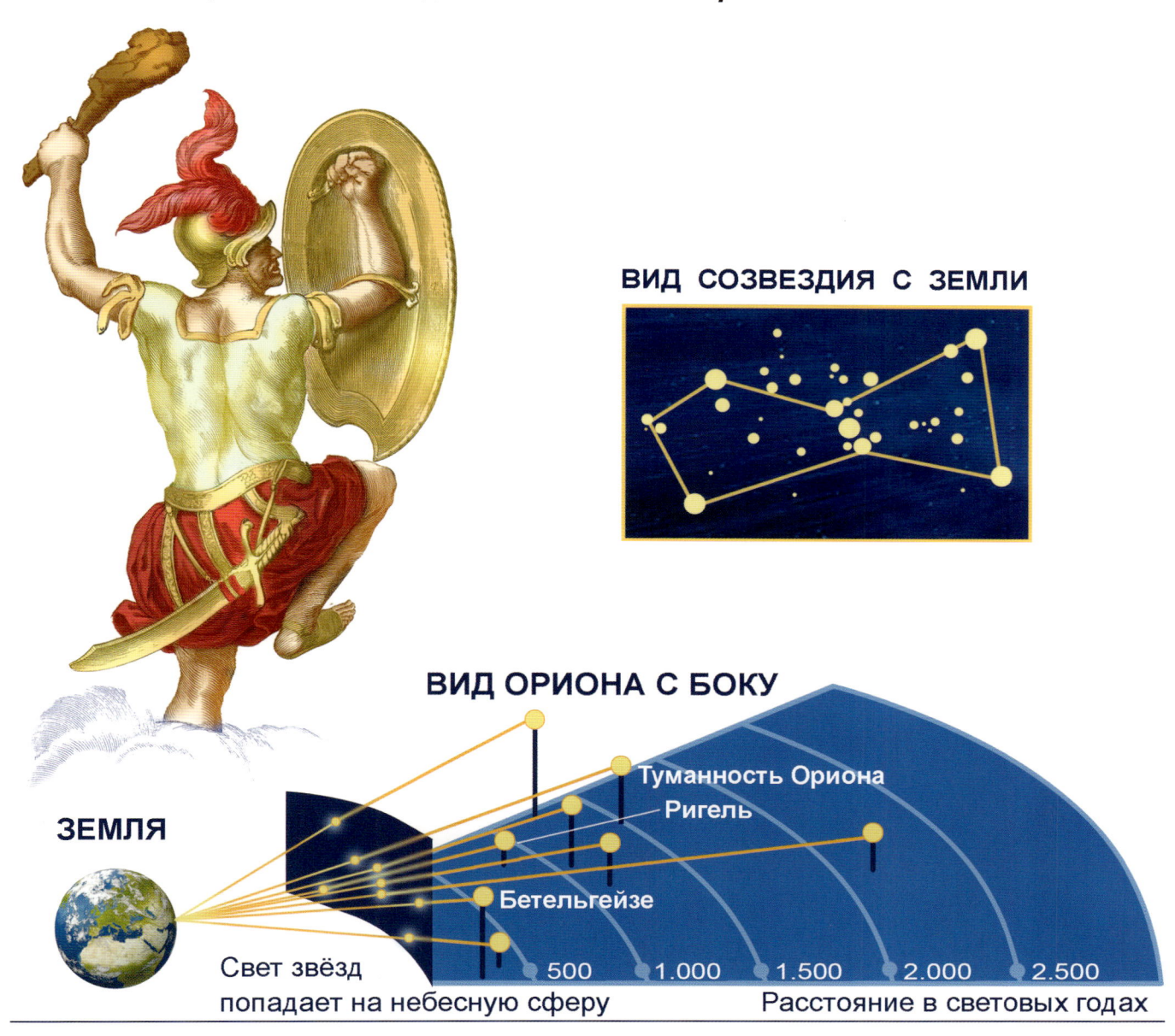

ВИД СОЗВЕЗДИЯ С ЗЕМЛИ

ВИД ОРИОНА С БОКУ

Туманность Ориона
Ригель
Бетельгейзе

ЗЕМЛЯ

Свет звёзд попадает на небесную сферу

500   1.000   1.500   2.000   2.500

Расстояние в световых годах

Следовательно, когда мы говорим: «В таком-то созвездии», – это есть лишь указание направления к звезде, а не её положение в пространстве.

Если бы мы смогли посмотреть на созвездие Ориона из космоса, то увидели бы, что расположение звёзд в этом созвездии существенно отличается от того, что мы видим с Земли, и получилось бы другое изображение.

Звёздные атласы

Для ориентирования на звёздном небе и распознавания звёзд существуют звёздные карты и атласы. На звёздных картах древних астрономов изображения созвездий совпадали с названием и имели очертания мифологических персонажей, в честь которых были названы. Их рисовали лучшие художники. Старейший известный звёздный атлас датируется II в. н.э. и содержится в книге «Альмагест» греческого астронома и географа Птолемея. В ней приведены положение и блеск тысячи звёзд, они объединены в 48 созвездий на основе более раннего каталога Гиппарха (ок. 190 – 120 гг. до н.э.) В X веке арабский астроном Ас-Суфи обновил «Альмагест», включив его в свою «Книгу неподвижных звёзд», где привёл много арабских названий звёзд. Эти названия используются и по сей день. Вершиной небесной картографии стал атлас «Гармония Макрокосмоса» Андреаса Целлариуса 1660 года (небесные сферы из этого Атласа посмотрите на форзацах).

В настоящее время с помощью телескопов, снабжённых точными приборами, созданы карты звёздного неба, охватывающие миллионы звёзд.

Юлиус Гигин создал мифолого-астрономический трактат «Астрономия», переизданный в 1482 году Эрхардом Ратдольтом.

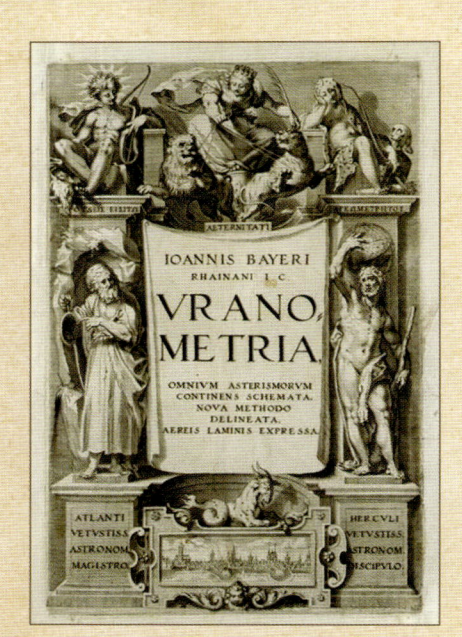

Иоганн Байер (1572 – 1625 гг.) – немецкий астроном, автор звёздного атласа «Уранометрия», изданного в 1603 году.

Ас-Суфи – персидский астроном и математик. В 964 году им была составлена «Книга неподвижных звёзд».

Карл Аллард (1648 – 1709 гг.) – картограф и географ XVIII века. В 1706 году опубликовал «Небесную планисферу».

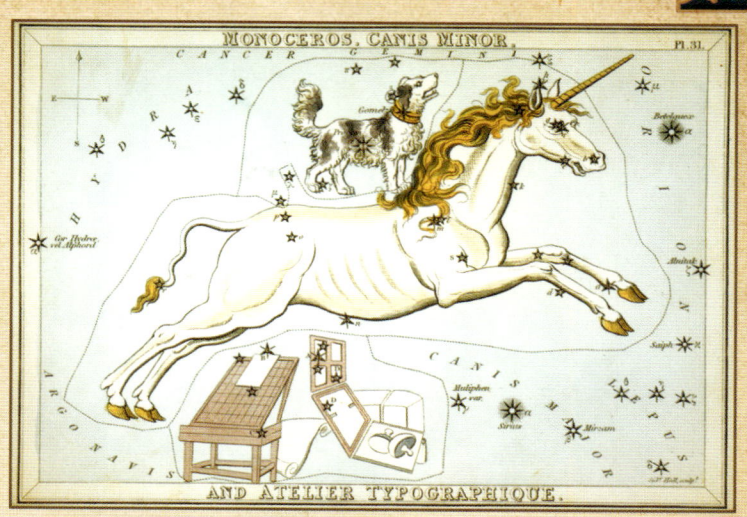

Иосафат Аспин (1800 – 1845 гг.) в 1825 году издал «Зеркало Урании». К ней прилагались 32 таблички с созвездиями.

Ян Гевелий (1611 – 1687 гг.) – польский астроном, конструктор телескопов. Создал Атлас «Уранография» в 1690 году.

Андреас Целлариус (1595 – 1665 гг.) – голландско-немецкий математик, инженер и картограф. В 1660 году подготовил большой труд на 250 листах «Гармония Макрокосмоса».

Альбрехт Дюрер (1471 – 1528 гг.) – немецкий живописец, график. В 1515 году Дюрер подготовил карту неба.

Иоганн Элерт Боде (1747 – 1826 гг.) – немецкий астроном. Составил небесный атлас «Уранография» 1801 год.

Куда смотрят львы

Если рассматривать различные звёздные карты, можно обнаружить, что Львы, Медведи и другие звёздные образы «смотрят» в разные стороны. Где ошибка? Какие из изображений верны? Оказывается, что оба правильные.

На этом рисунке расположение звёзд соответствует их расположению на небе. «Книга неподвижных звёзд» Ас-Суфи, 964 г.

Атлас для Урании. «Уранография» Яна Гевелия, 1690 г.

Когда составляли звёздные атласы, одни астрономы изображали на них небо таким, каким мы видим его с Земли, изнутри небесной сферы. Такое изображение звёздных картин называется **прямым**. Другие астрономы так рисовали звёздные атласы и изображали в них расположение звёзд, как будто рассматривали их на поверхности небесной сферы, то есть будто наблюдатель находится за пределами небесного свода и смотрит на созвездия снаружи. Это были карты для музы астрономии – Урании. Оба эти варианта – карта для человека и карта для музы астрономии сосуществовали очень долго.

Астрономы Пикколомини и Байер приводят прямые изображения, а Дюрер и Гевелий – зеркальные.

Рафаэль. Урания с небесной сферой. 1510 г.

Звёздные глобусы

Наряду со звёздными картами древние астрономы создавали звёздные глобусы. Звёздный глобус - макет небесной сферы. В древности они изготавливались лучшими мастерами и являлись подлинным произведением искусства, сочетая в себе науку и красоту. В отличие от карт, на глобусе нет искажений и разрывов, он наиболее правильно отражает небо, так как глобус и небесная сфера одинаково круглые. Небесный глобус показывает расположение звёзд зеркально по сравнению с тем, как они видны на небе, поскольку мы смотрим на глобус снаружи, а небесную сферу видим «изнутри». Герхард Меркатор создал в 1551 году один из самых больших звёздных глобусов.

Герхард Меркатор. Герб на глобусе, 1551 г.

Астрономический глобус с часовым механизмом и Пегасом. **Герхард Эммозер.** 1579 г.

Итальянский небесный глобус. **Мэтью Грютер.** 1636 г.

Глобус Коронелли, 80-е годы XVII столетия. Название созвездий написано на 4 языках: французском, латыни, греческом и арабском.

Глобус Вейгеля. 1699 г.

3,9-дюймовый карманный глобус **Иоганна Габриэля Доппельмайра.** 1736 г.

Яркость звёзд

Невооружённым глазом на ночном небе можно увидеть 3 тысячи звёзд. Все звёзды отличаются по яркости. Для описания того, как звезда выглядит с Земли, было введено понятие «*звёздная величина*».

Чем ярче звезда, тем меньше её звёздная величина. Наиболее яркие звёзды – это звёзды первой величины. Звёзды второй величины слабее в два с половиной раза. Звёзды третьей величины – ещё в два с половиной раза слабее и т.д. **Человеческий глаз и мозг воспринимают это отношение как различный скачок яркости.** Самые слабые звёзды, видимые невооружённым глазом, – это звёзды шестой величины. Они слабее звёзд первой величины в 100 раз.

Однако на небе есть ещё более яркие светила. Это Солнце и Луна. Эти объекты имеют отрицательные значения по шкале звёздных величин - минус 12,6 у Луны и минус 26,8 у Солнца.

0 1 2 3 4 5 6
Яркие звёзды   Тусклые звёзды

Впервые такой способ классификации звёзд был применён древнегреческим астрономом Гиппархом ещё во II веке до н.э. Можно подумать, что яркость звёзд зависит от количества излучаемого ими света. Но это не так. Звёзды находятся на разных расстояниях от Земли. Поэтому слабые, но ближе расположенные звёзды могут выглядеть намного ярче, чем звёзды, расположенные далеко, хоть они и излучают больше света.

Ярких звёзд совсем немного: на всём небосводе всего 20 звёзд нулевой и первой величин, звёзд второй величины – около 50.

Когда было открыто уже очень много звёзд, учёные решили навести в них порядок, чтобы не путаться. В начале XVII века немецкий астроном Иоганн Байер придумал разделить звёзды на группы: самые яркие в созвездиях он обозначал первой буквой греческого алфавита – «*альфа*», те, что побледнее, – второй буквой, «*бета*», затем – «*гамма*», «*дельта*», «*эпсилон*» и так далее.

Видимая звёздная величина означает, насколько яркой кажется звезда с Земли. В абсолютных звёздных величинах измеряют то количество света, которое звезда испускает на самом деле.

ГНОМ: Ты сияешь, как звезда!

Свет звёзд

**От чего зависит цвет звёзд?
От их температуры.**

Легко заметить, что не все звёзды светят белым цветом. Есть звёздочки желтоватые, красные, оранжевые, а встречаются и голубые.

Звёзды состоят из газа. Если газ очень сильно нагрет, то он будет светиться. При температуре 3 тысячи градусов газ светится красным светом. Красные звёзды – самые холодные из тех, которые можно видеть с Земли. Примером таких звёзд может служить (мю) Цефея, которая за свой тёмно-красный цвет получила название «гранатовая звезда».

Если звезда нагрета до 4 тысяч градусов, то она светится золотисто-оранжевым светом.

Если температура поверхности 6 тысяч градусов, то звезда - жёлтая. Такого цвета и наше Солнце – самая важная звезда для людей.

Белые звёзды в два раза горячее, чем Солнце. Их температура выше 11 тысяч градусов. Белой звездой является самая яркая звезда нашего небосвода Сириус из созвездия Большого Пса.

Очень редкие звёзды - голубые. Они самые горячие. Их температура превышает 25 тысяч градусов и выше.

В одном созвездии могут сиять разноцветные звёзды.

Космические расстояния

150 тыс. лет

5 млн. лет

30 млн. лет

18 млн. лет

8 минут

Расстояния между звёздами так велики, что их невозможно измерять в километрах. Поэтому астрономы используют особые единицы длины.

Астрономическая единица – расстояние от Земли до Солнца (примерно 150 миллионов километров).

Световой год – это расстояние, которое свет проходит за один год. Скорость света - 300 000 километров в секунду, в часе - 3600 секунд, в сутках 24 часа, а в году - 365 дней... Словом, один световой год равен 10 000 000 000 000 км!

Альфа Центавра – самая близкая к нам звезда, не считая Солнца. Она имеет собственное название **Проксима** (что в переводе с греческого означает «ближайшая»). Правда, «ближайшая» только по космическим меркам, расстояние до неё огромное – 40 триллионов километров (это 40 с 12 нулями).

Звезда Проксима так далеко, что даже посланный ею луч света, который движется быстрее всех, доходит до нас лишь за четыре года.

А если лететь на космическом корабле, то путь до звезды занял бы 113 390 лет. Это в тысячу раз больше времени, чем проживает человек.

Расстояния в космосе еще измеряют парсеками (1 парсек равен 3,3 светового года).

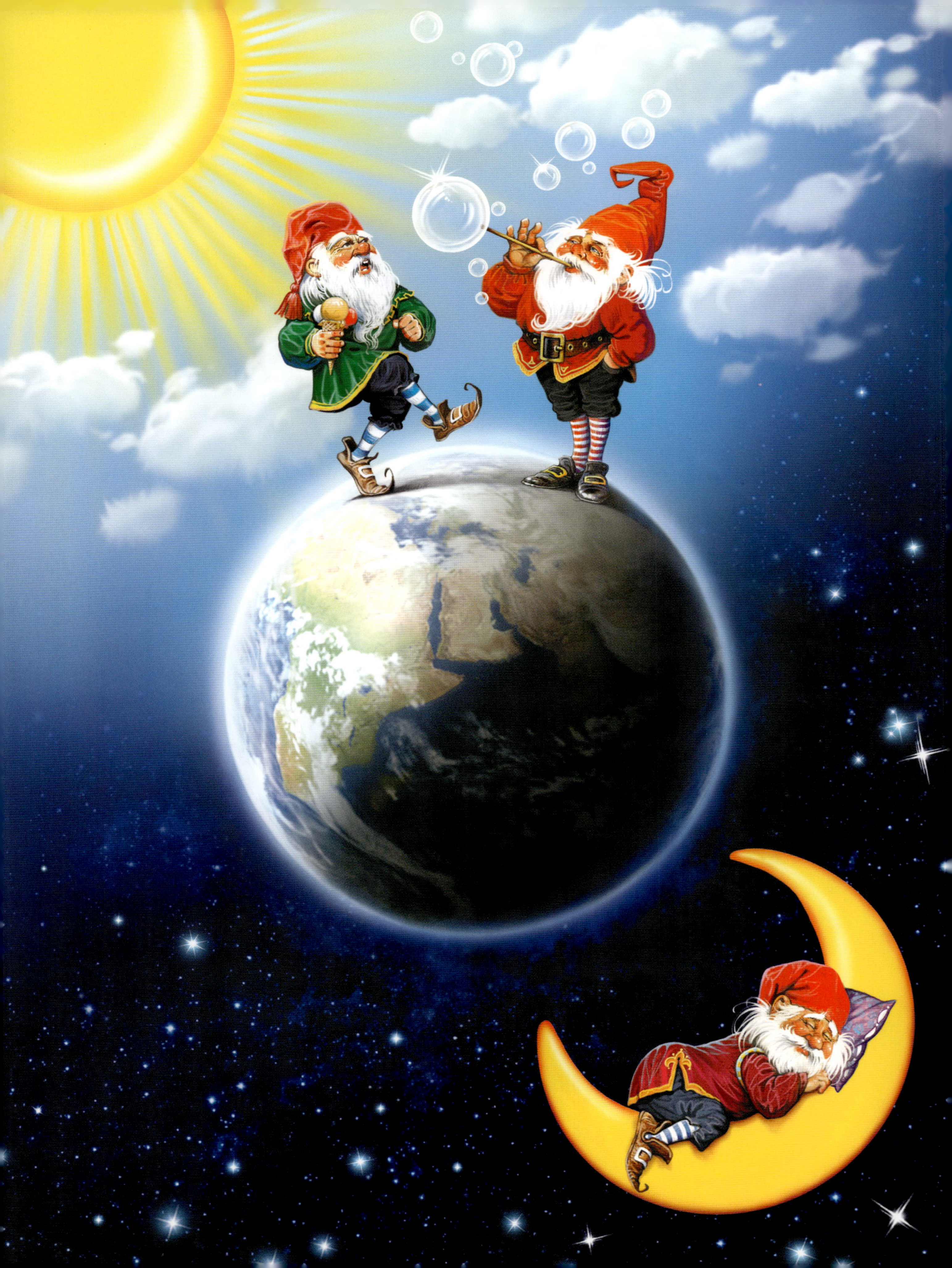

Движение звёзд

СУТОЧНОЕ ДВИЖЕНИЕ ЗВЁЗД

Земля вращается вокруг своей оси. Именно это вращение вызывает смену дня и ночи. Если бы Земля не вращалась, то на стороне, обращённой к Солнцу, всегда был бы день, а противоположная сторона всегда находилась бы в темноте. Но каждая точка Земли в течение 24 часов находится и на освещённой стороне, и на тёмной. Это очень важно для развития жизни на Земле. Вследствие краткости дня и ночи Земля не может ни перегреться, ни переохладиться, тем самым создаются условия для жизни людей.

Мы не ощущаем движение Земли, потому что движемся вместе с ней. Мы неподвижны относительно Земли, но небесный свод, усыпанный звёздами, вращается. Поэтому каждую ночь мы видим, как меняются звёздные картины и над нашими головами ежечасно разворачивается новое зрелище.

Это вращение называется **суточным движением**, так как одно полное обращение совершается за 24 часа - сутки.

Если бы движущиеся звёзды оставляли на небе след, то за сутки они прочертили бы окружности вокруг Земли. Центрами окружностей были бы полюса: точки, где проходит **земная ось** – воображаемая линия, вокруг которой вращается наша планета. Полюсов два – Северный, который находится около Полярной звезды, и Южный полюс, расположенный на противоположном конце Земли. Эти небесные точки всегда остаются неподвижными, а звёзды обходят их, двигаясь против часовой стрелки. Так как Земля вращается с запада на восток, наше зрение воспринимает звёзды и другие небесные объекты движущимися в противоположном направлении – с востока на запад.

При фотографировании звёзды оставили следы в виде кругов. Такой снимок показывает, как ночное небо вращается вокруг Полярной звезды.

Небесная сфера окружает Землю со всех сторон. Но только космонавтам в космическом пространстве удаётся видеть звёзды и наверху, и внизу – под собой. **Любой наблюдатель на поверхности Земли видит одновременно лишь одну половину небесной сферы, поскольку другую половину от него загораживает земной шар. Поэтому восход и заход звёзд выглядит по-разному, в зависимости от места наблюдения.**

Для наблюдателя на экваторе (слева) звёзды восходят и заходят, перемещаясь вертикально вверх и вниз. Для наблюдателя на полюсе (рисунок в середине) звёзды вообще не восходят и не заходят, а движутся по кругу с центром в полюсе. В любом другом месте (справа) большинство звёзд восходит и заходит, перемещаясь под углом к горизонту.

СЕЗОННОЕ ДВИЖЕНИЕ ЗВЁЗД

Земля, вращаясь вокруг своей оси против часовой стрелки, подставляет Солнцу то одну, то другую сторону. Одновременно Земля вращается вокруг Солнца. Полный оборот она совершает за один год (365 дней и 6 часов). Если мысленно провести прямую линию от Северного полюса до Южного, мы увидим, что Земля чуть наклонена. Из-за этого солнечные лучи распределяются по поверхности нашей планеты неравномерно. Когда Северный полюс наклонён к Солнцу, в северном полушарии наступает лето: много солнечного света, высокая температура воздуха, длинные дни и короткие ночи. В это время в Южном полушарии зима: холодный воздух, короткие дни и длинные ночи. **Времена года в Южном и Северном полушариях всегда противоположны.** Если бы земная ось не была наклонена, то солнечный свет всегда падал бы только на экватор, то есть на воображаемую линию, разделяющую Северное и Южное полушария планеты. И никакой смены времён года не происходило бы: на экваторе стояло бы вечное лето, а ближе к полюсам – бесконечная зима. А продолжительность дня и ночи всегда равнялась бы 12 часам во всех точках.

Мы живём в Северном полушарии, и самый длинный день в году у нас бывает **22 июня – день летнего солнцестояния.** Самый короткий день – **22 декабря. Это день зимнего солнцестояния.** Два дня в году на всей Земле день продолжается 12 часов и ночь длится тоже 12 часов. Эти дни называют **днями весеннего (20-21 марта) и осеннего (22-23 сентября) равноденствия.**

По мере движения Земли вокруг Солнца мы видим, как вид ночного неба меняется, звёзды движутся по небу. Таким образом, в течение года ночная сторона Земли обращена к разным участкам звёздного неба. ***Если бы Земля не обращалась вокруг Солнца, мы никогда не смогли бы увидеть звёзды в той части неба, где располагается дневное светило.*** Ведь свет Солнца затмевает их. Те звёзды, которые летом находятся на дневной стороне неба и поэтому не видны, зимой становятся доступны для ночных наблюдений. Поэтому одни созвездия лучше наблюдать летом, а другие – зимой.

Здесь представлены расположения созвездия Большая Медведица в различные

Что летом «ручка» Ковша Большой Медведицы направлена вверх.

Весной «ручка» Ковша указывает на восток.

времена года. Если в полночь посмотреть на звёзды, то можно увидеть:

Осенью «ручка» Ковша указывает на запад.

Зимой «ручка» Ковша Большой Медведицы опущена вниз.

Зодиакальные созвездия

Наблюдая за звёздным небом, древние астрономы заметили, что Луна и Солнце не остаются в одном созвездии, а переходят из одного созвездия в другое. Они совместно с планетами перемещаются по небу, как будто путешествуют по установленному маршруту, проходя по узкому поясу звёзд и никогда не вырываясь за его пределы.

Двенадцать созвездий на пути у Солнца: **Овен, Телец, Близнецы, Рак, Лев, Дева, Весы, Скорпион, Стрелец, Козерог, Водолей, Рыбы**. В каждом из которых Солнце находится примерно по одному месяцу.

Большинство имен принадлежит животным, поэтому эти созвездия получили название зодиакальных (от греческого зодиакос — «звериный круг»). Луна проходит этот круг по небу примерно за 28 суток. Солнце весь путь проходит за один год. Этот годичный солнечный путь называется **эклиптика** (в переводе с др. греч. — затмение, исчезновение).

Астрология

На протяжении тысячелетий люди верили, что движение звёзд и планет влияет на земную жизнь. Вера в могущество звёзд была безгранична.

Так появилась **астрология** (греч. astra – звезда; logos – учение) – учение о том, как небесные тела влияют на судьбу и личность людей.

Астрологи верили, что каждое созвездие оказывает влияние на человека. И день, в который он родился, определяет его характер, здоровье, его судьбу и даже имя. Астрологи изучали расположение звёзд и составляли **гороскопы** (horo – время, час; scorpio – вижу, смотрю), в которых прогнозировали жизнь людей, государств и предсказывали будущее согласно расположению планет и звёзд в знаках Зодиака.

В средние века астрологию изучали в университетах Европы. Её принимали все слои общества – от крестьян до императоров. К астрологам относились с большим уважением. Все важнейшие события в жизни (строительство храмов, начало военных походов…) проходили строго по астрологическим законам.

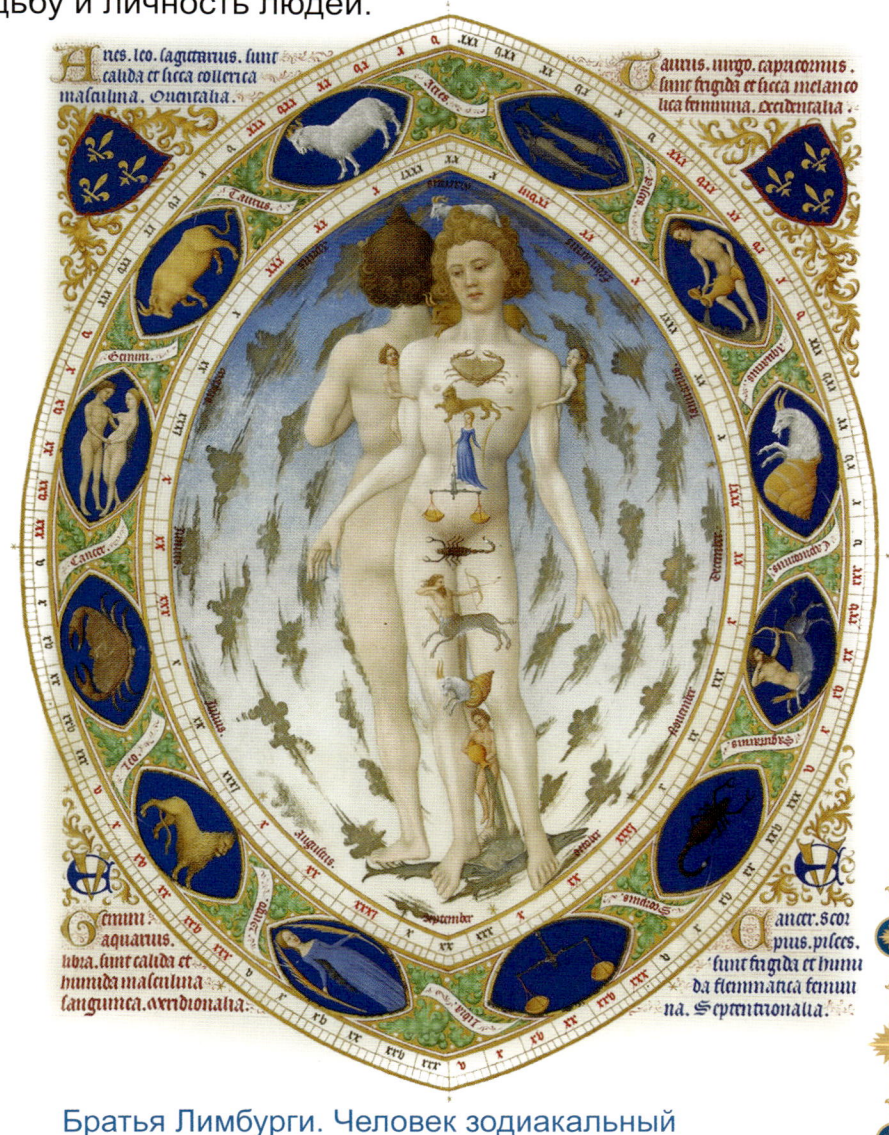

Братья Лимбурги. Человек зодиакальный (или Человек анатомический). Ок 1416 г.
Круг зодиака символизирует господствующую роль звёзд в человеческой жизни.

Учёные Средневековья полагали, что человек воплощает в себе образ и подобие Вселенной, что наряду с **МАКРОКОСМОСОМ** (makros – большой; cosmos – мир) Вселенной существует **МИКРОКОСМОС** (micro – маленький, cosmos – мир) – человек. Подобно тому, как Вселенная подчинена установленному порядку, так и человек отражает гармонию творения с точки зрения анатомии, потому что размеры его тела согласованы между собой.

Так появился «человек зодиакальный»: каждому знаку зодиака ставилась в соответствие какая-то часть тела. Увязывая с различными органами человеческого тела созвездия и небесные светила, лекари – астрологи указывали как по аналогии подбирать снадобья против тех или иных недугов.

Врачи по всей Европе по закону были обязаны рассчитать благоприятные фазы Луны и положения планет для проведения сложных медицинских процедур, таких, как хирургическая операция или кровопускание. Поэтому в домах хранились медицинские астрологические «Домашние книги» с гороскопами на каждого члена семьи, где положение звёзд указывает момент, когда предпочтительнее вторгнуться в человеческий организм или воздержаться от этого.

Вот уже 4 тысячи лет астрологи интригуют человечество возможностью предсказывать будущее. Найдите на следующей странице свой знак или знак своего друга и посмотрите, согласитесь ли вы с астрологами.

Астрологические знания хранились в "герметических" книгах, которые содержались под строжайшим секретом и были доступны только посвященным.

Тюбингенская домашняя книга.
Вюртемберг. 1430-1480 гг.

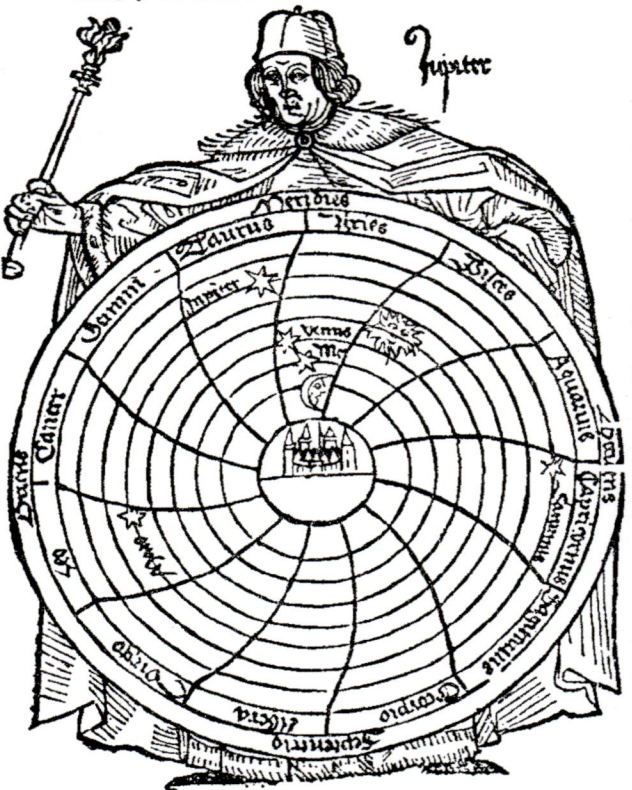

Овен
21 марта — 20 апреля

Первопроходец. Полон идей и творческой энергии. Прекрасный оратор. Весёлый и находчивый.

Телец
21 апреля — 20 мая

Спокоен и молчалив. Трудолюбивый и терпеливый. Своё благополучие строит своими руками.

Близнецы
21 мая — 21 июня

Многогранны. Постоянно находятся в движении. Обладают способностью делать несколько дел одновременно.

Рак
22 июня — 22 июля

Эмоционален и впечатлителен. Надёжный хранитель тайн и секретов. Умеет создать тепло и уют.

Лев
23 июля – 23 августа

Сильный и независимый. Мудр и прозорлив. Отличный руководитель. Надёжный друг, но грозный соперник.

Дева
24 августа – 23 сентября

Практична и заботлива. Любит людей. Обладает ясным аналитическим умом.

Весы
24 сентября – 23 октября

Общительны и добры. Обдуманно принимают решения. Любят спорить и всегда выигрывают.

Скорпион
24 октября – 22 ноября

Знает себе цену. Не нуждается в чужих суждениях. Умеет владеть эмоциями. Презирает ложь.

Стрелец
23 ноября — 21 декабря

Душа компании. Умелый рассказчик. Остроумен и эрудирован. Ничего не боится. Уверен в будущем.

Козерог
22 декабря — 20 января

Надёжный и сдержанный. Практичный и мудрый, очень дисциплинированный. Твёрд, как скала, упорно идёт к намеченной цели.

Водолей
21 января — 20 февраля

Добрый и отзывчивый. Любознательный, умеет удивить. Обладает интуицией, предчувствует события.

Рыбы
21 февраля — 20 марта

Чувствительны и милосердны. Спокойны, не капризны. Довольны жизнью. Достигают гармонии и счастья.

Исчезнувшие созвездия

Много было попыток нарушить древние узоры неба и изменить существующее деление небесной сферы. В течение веков астрономы вносили поправки и создавали новые созвездия. В результате на небе разместились: Одинокий Дрозд, Солнечные часы, Цербер, Типография, Воздушный шар и другие.

Наиболее серьёзная попытка изменить античное деление неба принадлежит Юлиусу Шиллеру. В 1627 году он создал атлас созвездий под заглавием «Христианское звёздное небо». Все созвездия, помещённые в этом атласе, были сформированы заново. Шиллер изгнал с неба героев мифов и населил его персонажами Священного Писания. Например, зодиакальные созвездия превратились в 12 апостолов, Корабль Арго – в Ноев Ковчег, Солнце – в Иисуса Христа, Луна – в Деву Марию (звёздный атлас Шиллера помещён на форзацах этой книги).

В истории созвездий много произвольного. Вот несколько созвездий, образованных по различным случаям и вскоре исчезнувших с небесных карт:

Созвездия Северный Олень (Rangifer) и **Хранитель Урожая** (Custos Messium), «Уранография» И. Боде. 1801 г.

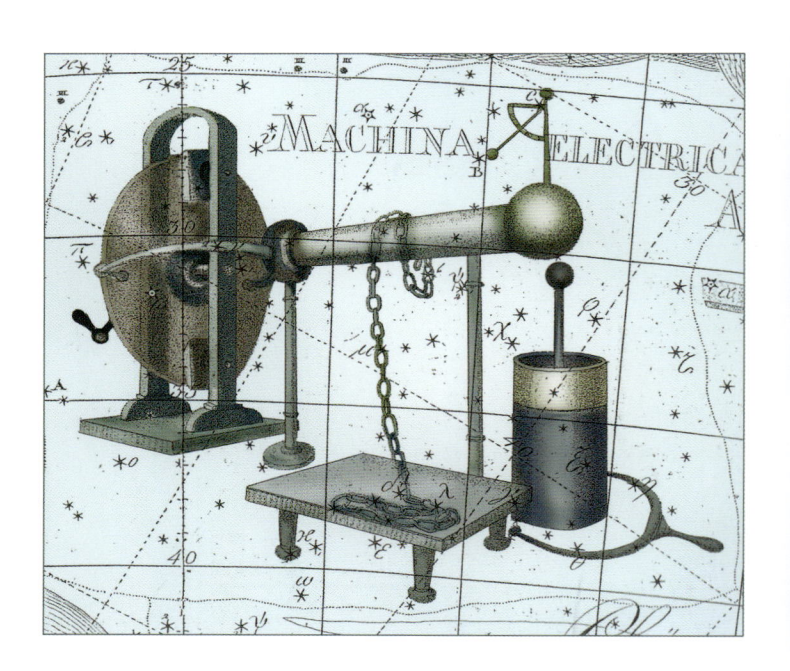

Созвездие Электрическая Машина (Machina Electrica), «Уранография» И. Боде. 1801 г.

Конец всем попыткам перекроить звёздное небо положила Генеральная ассамблея Международного астрономического союза в 1922 году, которая, наконец, навела порядок в небесном хозяйстве. С неба окончательно убрали 27 созвездий.

Созвездие Воздушный шар
(Globus Aerostaticus), «Уранография»
И. Боде. 1801 г.

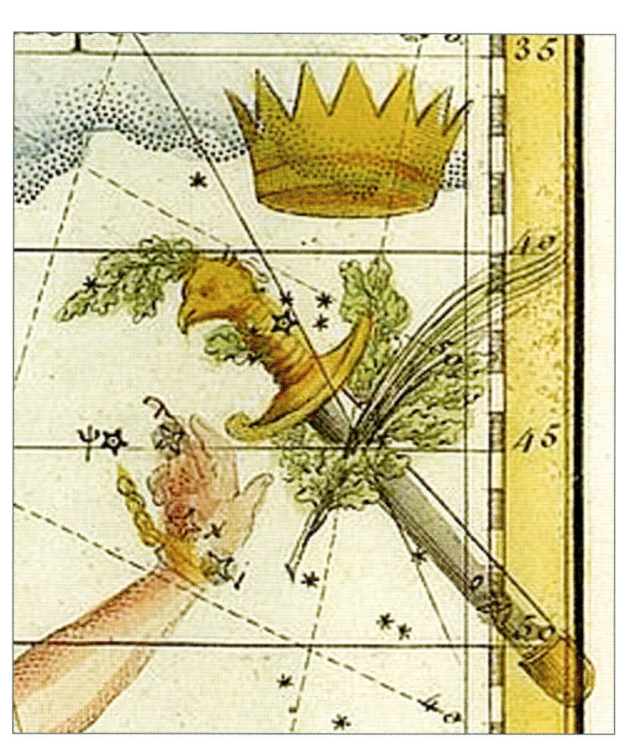

Созвездие Слава Фридриха II, предложено И. Боде в честь прусского короля Фридриха Великого.

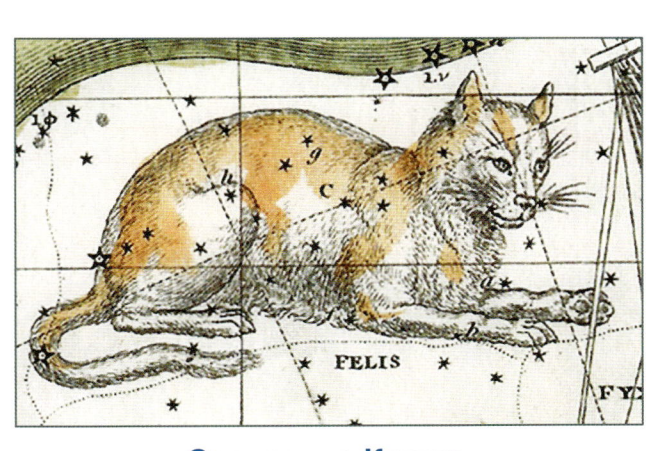

Созвездие Кошка, предложенное Лаландом в 1789 г. и впервые изображенное в 1801 г. И. Боде.

Созвездие Лютня Георга было предложено Максимилианом Хеллем в 1781 г. в честь короля Георга III.

Было принято решение раз и навсегда определить наименования 88 созвездий, покрывающих всю небесную сферу. Между ними были проведены строгие границы.

Астеризмы

Некоторые звёздные рисунки внутри созвездий имеют собственные традиционные названия, хотя формально они созвездиями не признаются. Эти звёздные фигуры, называются **астеризмами** (от слова "aster" – звёзды).

Крепкой рукой сжимает Геркулес своё оружие – **дубину**.

В руках у Персея **голова Медузы Горгоны**, но она уже никому не страшна.

Хитрая лисичка никогда не останется голодной. На всех звёздных картах она изображена с **гусем**.

Голубь держит в клюве **оливковую ветвь** – символ мира.

Помимо этих, на небе есть и другие астеризмы: **Кувшин** Водолея, **Цепи** Андромеды, **Ковш** Большой Медведицы…

Интересное о звёздах

Разгадка расположения египетских пирамид находится в созвездии Ориона. Что это значит? Годами хотели люди понять странное расположение трёх великих пирамид Гизы. Оказывается, если посмотреть на них сверху, то увидим, что третья пирамида не только меньше первых двух, но и находится немного в стороне.

Египтяне строили с большой точностью. Откуда же это несоответствие? Решение оказалось связано со звёздами: три пирамиды были точным воспроизводством трёх звёзд, образующих пояс Ориона. Египтяне установили космическую связь между землёй и небесами. Как выяснилось, шахты пирамид направлены на пояс Ориона. По мнению египтян, через эти шахты в Великих пирамидах души фараонов отправлялись к звёздам – в созвездие Ориона. Выходит, само расположение египетских пирамид продиктовано небесами.

Звёздные ориентиры

Большой Ковш Медведицы – самая известная группа звёзд. Рядом со средней звездой ручки Ковша – Мицаром – находится слабенькая, но знаменитая звезда Алькор. До того, как были изобретены очки, по ней определяли остроту зрения. Считалось, что у человека нормальное зрение, если он видит Алькор. В переводе с арабского языка «Мицар» означает «конь», а «Алькор» – «всадник». Арабы полагали, что тот, кто может заметить на небе звезду Алькор, будет превосходным стрелком из лука, потому что глаз его точен.

Полярную звезду созвездия **Малая Медведица** называют Звезда – компас. Она помогала древним морякам определить правильное направление в пути. Сохранившееся с древних времён название означает «путь», «дорога». Если встать к ней лицом, то легко определить стороны горизонта: впереди будет север, позади - юг, справа – восток, слева – запад. Этот простой способ ещё в древности позволял отправляющимся в далёкий путь путешественникам правильно выбирать направление и на суше, и на море.

Космическим кораблям тоже нужны **путеводные звёзды**. В созвездии **Киль** находится одна из самых ярких звёзд нашего неба – звезда **Канопус**. Канопус занимает второе место по яркости после Сириуса. Эта звезда выбрана как главная для ориентирования в пространстве всех космических аппаратов, запускаемых с Земли. Данный выбор сделан потому, что Канопус - не только яркая звезда, но и лежит в направлении, перпендикулярном плоскости эклиптики (смотреть на странице «Зодиак»). Поэтому оптические приборы межпланетной станции, движущиеся в плоскости эклиптики, всегда видят Канопус «над головой».

Звёзды, которые используются для определения местонахождения или курса, называются **навигационными**.

В Китайской мифологии звезда Канопус называется **Шоусин** («Звезда долголетия»). Считалось, что появление этой звезды на небе предвещало долгоденствие государю и стране, а отсутствие её – войны и бедствия. Шоусина обычно изображали стариком, держащим в одной руке посох, к которому была привязана тыква-горлянка (символ процветания потомства) и бумажный свиток (знак долголетия), а в другой – персик, ещё один символ долгой жизни.

Созвездие **Близнецов** уникально тем, что в нём нет самой яркой звезды. Наиболее ярких звёзд в нём две. И на всём звёздном небе нет другого такого места, где две практически одинаковые звезды располагались бы так близко друг от друга.

На небесном своде у красной планеты Марс есть «соперник» – звезда кроваво-красного цвета в созвездии Скорпиона. Имя её – **Антарес**. В переводе с греческого «анти, ант» означает «против, напротив», а Арес – древнегреческое имя бога войны – Марса. Так и получилось, что яркая звезда Антарес соперничает по цвету с планетой, поэтому и называется «соперник Марса».

Жители некоторых стран Востока думали, что Антарес из созвездия Скорпиона предвещает несчастье. Они называли это созвездие «Могильщик Караванов» и считали, что когда Антарес особо заметен на небосводе, то стоит воздержаться от путешествий.

Одна из звёзд созвездия Кит - Омикрон Кита - получила латинское имя **Мира** – «удивительная», потому что она за год меняет свой блеск на шесть звёздных величин.

В 1967 году в США торжественно отмечалась 261-я годовщина со дня рождения Бенджамина Франклина – американского физика, изобретателя, президента Америки. По этому поводу в праздничный торт вставили 261 свечу и зажгли с помощью специального электронного механизма. А механизм включился от света звезды – гамма Андромеды. Расстояние от этой звезды до нас – 261 световой год. Луч света, который зажёг праздничные свечи, был «ровесником» Франклина. Он отправился в путь через межзвёздное пространство в год его рождения.

Наблюдая небо, арабские астрономы заметили, что один глаз Медузы Горгоны (звезда бета Персея) время от времени «подмигивает». Поэтому они назвали её **Алголь** – «Моргающий дьявол». Оказалось, что Алголь состоит из двух звёзд, вращающихся одна вокруг другой. Алголь имеет наибольшую яркость, когда обе звезды видимы. Когда же яркая звезда (голубая) закрывает слабую (жёлтую), то Алголь слегка тускнеет. А если жёлтая звезда закрывает голубую, то Алголь становится совсем тусклой. Медуза «подмигивает» каждые 69 часов.

Кометы – «хвостатые» звёзды

Кометы – самые красивые объекты Солнечной системы. Своё название они получили от греческого слова «кометос», что значит «волосатая». Эти пылающие звёзды с хвостами, опоясывающими чуть ли не всё небо, ещё и похожие на изогнутый меч, ужасали людей. Кометам приписывали такие стихийные бедствия, как бури, наводнения, землетрясения. Они являлись зловещими знаками гнева богов, предвещали эпидемии, войны, голод и смерть.

В действительности, кометы – небольшие небесные тела, движущиеся вокруг Солнца по очень вытянутым орбитам. Они имеют голову и хвост. Голова состоит изо льда, замёрзшего газа и пыли.

Когда комета далека от Солнца, все её вещество остаётся твёрдым. В это время у неё ещё нет хвоста, и она мчится в космосе, словно ком грязного снега. Приближаясь к Солнцу, комета нагревается его лучами и начинает таять. Газ и пыль разлетаются в космос, образуя облако - кому. Солнце постоянно испускает поток частиц, который называют **солнечным ветром**. Он выдувает из комы гигантские светящиеся хвосты. Чем ближе комета приближается к Солнцу, тем длиннее её хвост, он тянется на миллионы километров. Размеры хвоста иногда больше, чем расстояние от Земли до Солнца! А плотность его ничтожна: примерно такая, как если растереть в порошок одну миллионную часть пшеничного зерна и развеять её в зале Большого Театра. Хвост кометы совершенно прозрачен, сквозь него видны звёзды! Хвост кометы всегда направлен в сторону, противоположную Солнцу. И даже когда комета удаляется от Солнца, она движется хвостом вперёд.

Изображение кометы в виде хвостатых чудовищ из средневекового рисунка.

Газообразный хвост — Орбита кометы — Комета — Солнце

Хвост кометы всегда направлен в сторону, противоположную Солнцу.

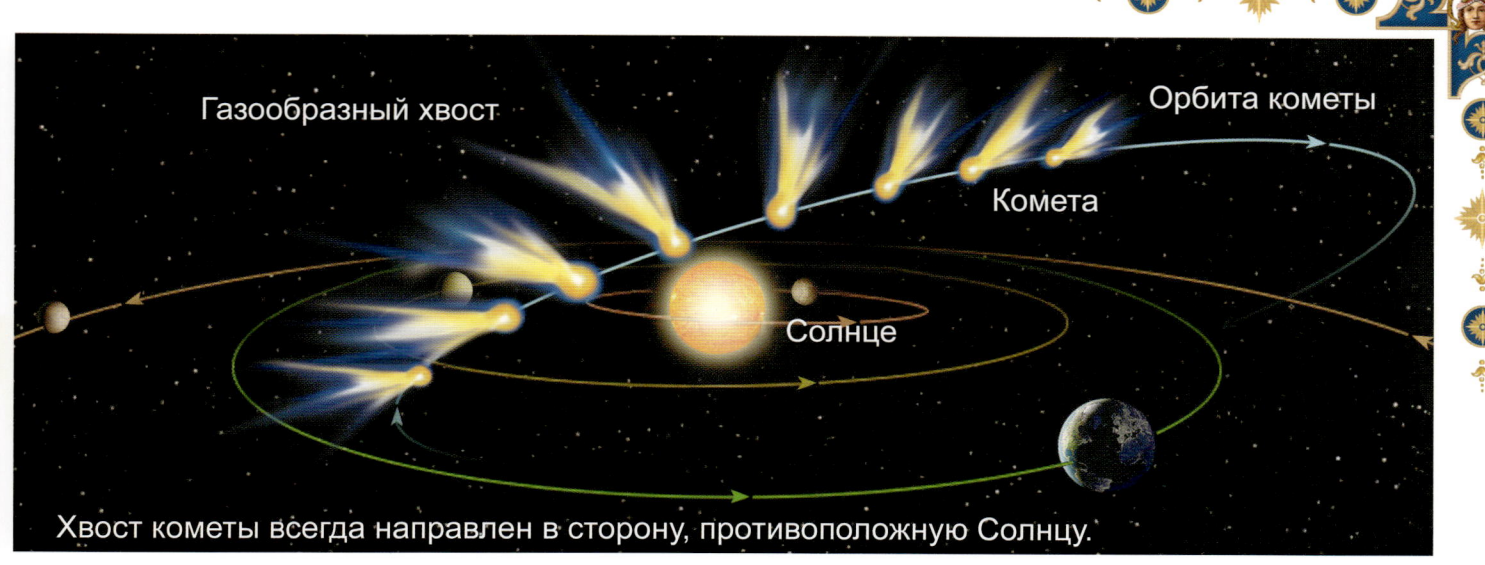

Когда комета подходит к Солнцу, она растрачивает часть ядра. При частых появлениях около Солнца кометы быстро гибнут, потому что вещество, из которого состоит комета, распыляется.

Появление кометы трактуется как предсказание рождения или смерти выдающейся, исключительной личности. Итальянский художник Джотто ди Бондоне в своей работе «Поклонение волхвов» изобразил комету, указывающую на рождение Спасителя.

Фреска Капеллы дель Арена в Падуе. XIV в.

Полёт кометы в ночном небе – фантастически красивое зрелище!

Звездопад. Звёздные дожди

В древности люди думали, что небосвод твёрдый и на нём закреплены неподвижные звёзды. Но бывают моменты, когда разрывается небо, раздаётся оглушительный гул и огненные стрелы пронзают небосвод. Горящие камни со свистом падают на землю. Страх и ужас охватывают людей. Потому что «падающие звёзды» не просто нарушают Вселенский порядок, они и могут погубить всё живое. В Библии описываются падающие небесные камни, как предвестники Апокалипсиса — конца света.

На самом деле падающие или пылающие звёзды — это метеоры и метеориты (от греческого слова «метеорос» — парящий в воздухе). Метеоритное тело может быть разных размеров: от малюсеньких пылинок до огромных камней, весом в сотни килограммов. Эти тела врываются в атмосферу со скоростью 60 тысяч километров в секунду! В результате трения о воздух объекты раскаляются и вспыхивают огненно-красным светом. Если тело сгорает в воздухе без остатка, его называют **метеором.** Если же часть его долетает до поверхности земли, то оно называется **метеоритом.**

Каждый год на Землю падает почти 30 тысяч метеоритов!

Люди привыкли к метеоритам и уже не боятся их, а когда видят падающую звезду, просто загадывают желание.

А. Дюрер. Апокалипсис.

У некоторых народов метеориты в течение многих веков почитались как «посланцы Бога». Им поклонялись. В Мекке (Саудовская Аравия) и поныне сохраняется каменный метеорит - «чёрный камень». Он вделан в стену храма Каабы и к нему ежегодно приходят на поклонение верующие мусульмане. Существовало предание, что «падающие звёзды» - это стрелы, которыми ангелы сбивают с небес джиннов. Вот почему в 105-й суре Корана сказано: «Бросали они в них камни из обожжённой глины». Средневековые арабские летописи отмечают немало случаев грандиозных метеорных небесных явлений.

А. Дюрер. Метеорит. Энсисхейм.

На обломок метеорита Ensisheim сегодня можно полюбоваться и в Москве, в Музее внеземного вещества Российской Академии Наук.

Однажды в ноябре 1492 года в городе Энсисхейм, что на Верхнем Рейне, жители слышали ужасающий грохот и увидели, как упал с неба на землю огромный (весом 126 килограммов) камень. Вскоре сам император Максимилиан прибыл сюда и засвидетельствовал свершившееся чудо, объявив: «Да поможет этот камень победить врагов наших!». А дабы новому символу победы не вздумалось взмыть обратно к небесам, Максимилиан приказал приковать его цепями к стенам городского храма.

Иногда небо посылает нам волшебное интересное зрелище – целый поток падающих звёзд, когда за один час на небе могут вспыхивать сотни метеоритов. Это красивейшее явление – «звёздный дождь». Случается это тогда, когда земля входит в облако мелких остатков хвоста кометы. Появление метеоритных дождей можно точно предсказать, поскольку Земля ежегодно пересекает метеоритные потоки примерно в одно и то же время. Звёздный дожди называются по имени созвездия, откуда, как нам кажется, они исходят: Леониды (созвездие Лев, наблюдаются с 15 по 20 ноября), Персеиды (созвездие Персей, с 3 по 20 августа)…

Звездопад

Метеорит

Древние миры

Восхищаясь звёздным небом, наблюдая за движением Солнца, Луны и планет, люди с древних времён задавали себе вопрос: «Как устроена Вселенная?». По-разному видели мир наши предки в разных концах Земли. Они думали, что Земля – это плоский диск, в центре которого находится суша, со всех сторон окружённая водой. Люди даже опасались заплывать далеко в море, чтобы не упасть с Земли, достигнув края диска. Земля, по представлениям жителей Древнего Вавилона, была гигантским диском, на котором покоится огромный купол – небесный свод. И этот свод со звёздами медленно вращается вокруг неё. Солнце находится внутри купола, а снаружи, за небесным сводом, горит огромный костёр, который нельзя увидеть потому, что небо непрозрачно. Однако в небе имеется много маленьких дырочек, сквозь которые свет костра проникает на Землю. Днём его не видно из-за яркого света Солнца. Зато ночью тысячи дырочек-звёзд сияют над нашей головой.

Модель мироздания у древних индейцев.

Мировое дерево. Вселенная древних скандинавов.

Небесный свод в представлении жителей Древнего Вавилона.

Египетский Бог Солнца Ра на гигантской золотой ладье скользит по священным водам.

Вселенная в представлении жителей древней Индии.

Греческий бог Солнца Гелиос каждое утро проносится на огненной колеснице с Востока на Запад.

Вселенная средневековья

В средние века люди имели своё представление о звёздах, небе, земле, планетах. Согласно Библии, Бог Творец создал весь мир за шесть дней.

В *первый день* своего творения сотворил Бог небо и землю, свет и тьму. И назвал Бог свет днём, а тьму - ночью.

На *второй день* творения появилась твердь. И назвал Бог твердь небом.

На *третий день* собралась вода под небом в свои места - и явилась суша. И назвал Бог сушу землёю, а собрание вод назвал морями. И произвела земля зелень, траву, сеющую семя по подобию своему и плодовитое дерево, приносящее плод.

На *четвёртый день* появились звёзды, Солнце и Луна.

И сказал Бог: да будут светила на тверди небесной для освещения земли и для отделения дня от ночи, и для знамений, и времён, и дней, и годов; и да будут они светильниками на тверди небесной, чтобы светить на землю.

На *пятый день* сотворил Бог рыб больших и животных пресмыкающихся, которых произвела вода, и сотворил пернатых птиц.

На *шестой день* творения создал Бог зверей земных, и скот, и всех гадов земных.

И сказал Бог: сотворим человека по образу Нашему и по подобию Нашему. И да владычествует он над рыбами морскими, и над птицами небесными, над зверями, над скотом, и над всею землёю, и над всеми гадами, пресмыкающимися по земле. И сотворил Бог мужчину и женщину.

И увидел Бог всё, что Он создал, было хорошо.

На седьмой день Бог отдыхал.

Представление Бога, как Творца мироздания, даёт понятие о религиозной философии средних веков.

Творец как архитектор Вселенной. Рукопись 1230 г.

Творец со сферой. Отделение света от тьмы. Рукопись 1417 г.

Микеланджело. Сотворение светил.
Рим. Ватиканские дворцы. Свод Сикстинской капеллы.

Якопо Тинторетто. Венеция.
Сотворение животных.

Микеланджело. Сотворение Адама.
Рим. Ватиканские дворцы.
Свод Сикстинской капеллы.

Гармония науки

XV век вошёл в историю как эпоха Возрождения (Ренессанса). Это был период рассвета науки, культуры, архитектуры и искусства, развития нового научного мышления. Художники стремились к познанию мира и его правдивому отображению. В это время наибольшее развитие получила астрономия — прекраснейшая из наук. Появилась потребность изображать звёздное небо для религиозных и художественных ценностей.

и искусства

Создаются астрономические атласы созвездий с уникальными античными образами, воплощёнными в звёздные картины. Они наглядно демонстрируют сочетание науки и искусства.

Ватикан в средние века был не только духовным центром Европы, но и хранилищем научных знаний. Всё это удивительным образом отразилось в этой росписи, на которой изображено звёздное небо и связанные с ним мифологические сюжеты. Музей Ватикана.

Системы мироздания

Аристотель (384 – 322 до н.э.)
Современные представления о Вселенной складывались постепенно. Еще в IV в. до н.э. Аристотель разработал систему мира, которую назвал Геоцентрической, потому что в центре Вселенной он разместил твёрдую Землю в виде шара (по-гречески Гея - Земля). Вокруг Земли вращались девять хрустальных сфер, созданных специально для того, чтобы вращать звёзды, планеты, Луну и Солнце, которые были прикреплены к сферам.

Птолемей (87 – 168 гг.)
В системе Птолемея все небесные тела вращаются вокруг Земли. Чтобы объяснить движение планет, он ввёл дополнительные окружности – эпициклы. Планеты совершают одновременно несколько движений – по эпициклам и по главной орбите. Эта модель мироздания просуществовала потом полторы тысячи лет.

Николай Коперник (1473 – 1543 гг.)
В 1543 году Николай Коперник опроверг тысячелетнюю геоцентрическую систему Птолемея и установил гелиоцентрическую (Гелиос – по-гречески Солнце). То есть доказал, что в центре Солнечной системы находится не Земля, а именно Солнце.

Тихо Браге (1546 – 1601 гг.)
Тихо Браге считал, что планеты обращаются вокруг Солнца. Однако, при этом он утверждал, что само Солнце обращается вокруг Земли. Датский учёный создал точную схему расположения планет, что явилось важной базой для дальнейших исследований.

Следующим достижением астрономии явилась идея **Иоганна Кеплера** **(1571-1630 гг.)** о том, что орбитами планет являются эллипсы (правильные овалы), а не точные окружности. Открытие законов движения планет значительно улучшило точность астрономических расчётов и тем самым окончательно убедило всех в справедливости теории Коперника.

Но ещё один вопрос интересовал астрономов: почему планеты не разлетаются в разные стороны? Что удерживает их на орбите? В 1660-х годах эту тайну раскрыл **Исаак Ньютон (1642 – 1727 гг.)**, открыв **закон всемирного тяготения**. Он объяснил, почему Луна вращается вокруг Земли, а не улетает в космос: маленькую Луну удерживает сила притяжения большой Земли. В свою очередь, сила притяжения Солнца удерживает планеты. Закон Ньютона действует и на Земле, и в Космосе, что заставляет задуматься о целостности Вселенной.

Заставка к книге «Гармония макрокосмоса». Аллегория вечного спора двух систем мира: гео- и гелиоцентрической. Слева направо сидят: Тихо Браге, Урания, Коперник. Стоят: Птолемей, Аристотель, Галилей и Кеплер.

Солнечная система

Солнечную систему образуют расположенная в центре звезда, их естественные спутники, и вращающиеся вокруг неё тела – 8 планет, их естественные спутники, астероиды, кометы и метеориты. Кроме того, в неё входят межпланетные газ и пыль. Планеты подразделяются на две группы: 4 небольшие «внутренние» планеты из твёрдых пород, расположенные ближе к Солнцу (Меркурий, Земля, Венера, Марс) и 4 «внешних» газовых гиганта (Юпитер, Сатурн, Уран, Нептун).

⊕ Земля
год 365 земных дней,
сутки 24 часа,
диаметр 12 756 км,
масса 5,98*10²⁴ кг.

☿ Меркурий
год 88 земных дней,
сутки 59 земных дней,
диаметр 4 880 км,
масса 3,3*10²³ кг,
t max 350º C,
t min -170º C.

♀ Венера
год 225 земных дней,
сутки 243 земных дня,
диаметр 12 258 км,
масса 4,9*10²⁴ кг,
t max 480ºC,
t min -33º C.

Между «твёрдыми» планетами и газовыми гигантами расположен пояс астероидов. Слово «астероид» в переводе с древнегреческого языка означает «подобный звезде», так как при наблюдении в телескоп эти объекты выглядят, словно точки звёзд. Астероиды иногда называют малыми планетами. На планеты астероиды совсем не похожи. Астероиды – каменистые тела неправильной формы. Они напоминают совершенно бесформенные обломки каменистой породы.

♅ Уран
год 84,6 земных лет,
сутки 17 земных часов,
диаметр 51 800 км,
масса $8,7*10^{25}$ кг,
t -210° C.

♆ Нептун
год 165 земных лет,
сутки 16 земных часов,
диаметр 49 500 км,
масса $1,03*10^{26}$ кг,
t -220°C.

♃ Юпитер
год 12 земных лет,
сутки 10 земных часов,
диаметр 142 800 км,
масса $1,9*10^{27}$ кг,
t -150° C.

♄ Сатурн
год 29,46 земных лет,
сутки 10 земных часов,
диаметр 120 000 км,
масса $5,68*10^{26}$ кг,
t -180°C.

♂ Марс
год 687 земных дней,
сутки 25 земных часов,
диаметр 6 774 км,
масса $6,44*10^{23}$ кг,
t -23° C.

В Солнечной системе царит порядок. Солнце здесь - самое большое и главное. Оно притягивает все планеты к себе и заставляет их послушно вращаться по своим дорогам – **орбитам** (от лат. Orbis – круг). Все планеты вращаются против часовой стрелки.

Сила тяготения удерживает это семейство вместе. Она не даёт небесным телам разлетаться в космосе в разные стороны. У планет (кроме Земли и Урана) древнеримские имена. Они соответствуют именам древнегреческих богов: Юпитер – Зевс, Венера – Афродита, Меркурий – Гермес, Сатурн – Кронос, Нептун – Посейдон, Плутон – Аид, Марс – Арес.

Солнце – ближайшая звезда

За миллионы километров от нас в космическом пространстве пылает гигантский шар раскалённого сияющего газа. Это самая близкая к нам звезда. Её официальное название – Солнце. Так называли древние римляне своего бога солнца. В древности это имя звучало как «соль». Сейчас у нас есть крылатое выражение **соль Земли**, которое означает «самое важное, суть». Действительно, что может быть важнее для Земли, чем Солнце? Солнце – звезда, дарующая жизнь. Наша планета получает от него тепло и свет, без которых она была бы холодной, тёмной и безжизненной. На Землю попадает только ничтожная доля (одна двухмиллиардная) всей солнечной энергии. Но именно благодаря ей мы и живём.

Лучезарный Гелиос – так называли древние греки своего бога. И рассказывали в мифах о том, как Золотой Гелиос мчится на сверкающей колеснице, запряжённой четвёркой быстроногих, огнедышащих коней, освещая всё вокруг. Этим живительным светом озаряется мир и разгоняется тьма, уничтожаются болезни.

Солнце светит так ярко, потому что оно огромное и горячее. Температура поверхности Солнца достигает 6 000 градусов. Температура в центре доходит до 15 000 000 градусов.

Колесница Солнца.
Базельское издание Гигиния. 1535 г.

Антон Рафаэль Менгс. Полдень.

Солнце громадно. На нём могли бы уместиться 1 300 000 планет, размером с Землю. Масса Солнца в 333 000 раз больше массы Земли и в 760 раз больше всех планет вместе взятых.

Видимую поверхность Солнца называют **фотосферой** (что означает сфера света). Розовая тонкая оболочка вокруг Солнца называется **хромосферой** (что означает сфера цвета). Солнце окружено лучистым венцом — **короной**. На поверхность Солнца вырываются огненные факелы из раскалённого газа – протуберанцы (от лат. слова «вздувающиеся»). Они бывают различной формы и разных размеров, некоторые достигают 70-ти тысяч километров.

За одну секунду Солнце выбрасывает больше энергии, чем человечество израсходовало за 2000 лет. Вырабатывая энергию, Солнце каждую секунду теряет в весе 4 млн. тонн!

Наблюдения за Солнцем показали, что на его поверхности периодически появляются тёмные участки – **солнечные пятна**. Это более холодные области, чем вся остальная поверхность. Количество пятен с течением времени меняется и достигает своего максимума каждые 11 лет. Солнечные пятна влияют на климат Земли. В те годы, когда их много, быстрее растут деревья и все растения, а когда пятен нет, как, например, в период с 1650 по 1715 г., — была невероятно холодная погода в Европе и летом замерзали реки.

Солнце. Миниатюра из средневекового манускрипта

Солнечные пятна.

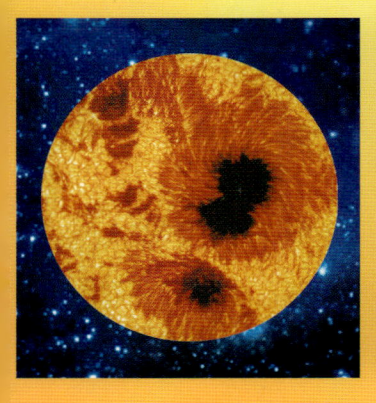

Протуберанцы - всплески на солнце.

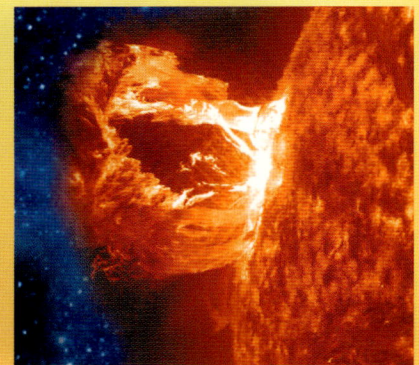

Потоки частиц солнечного пламени разлетаются далеко, достигая всех планет! Астрономы называют это **солнечным ветром**. Когда солнечный ветер соприкасается с верхними слоями атмосферы планеты, магнитное поле Земли отклоняет его и поглощает его энергию. Когда потоки невидимых частиц проносятся вблизи Северного и Южного полюсов Земли, они вызывают **Полярное сияние** – красивую игру света в ночном небе. **Северное сияние** (aurora borealis) в Северном полушарии и **южное** (aurora australis) – в Южном. В результате вращения Земли (а также из-за того, что долетающие частицы постоянно меняют направление движения, наталкиваясь на разрежённую атмосферу) кажется, что сияние движется по небу, демонстрируя разнообразные формы и постоянно меняя цвета. Это самое красивое зрелище в мире! Полярные сияния бывают только вблизи Северного и Южного полюсов, потому что полюса нашей планеты обладают магнитными свойствами. То есть, они притягивают к себе испускаемые светилом заряженные частицы, благодаря чему Земля оказывается защищённой от солнечного ветра.

Взаимодействие солнечного ветра и магнитного поля земли.

Полярное сияние – незабываемое, сказочное зрелище.

Случается, что среди ясного дня небо вдруг темнеет и становится так темно, как ночью. На небе вспыхивают яркие звёзды. Это наступило **полное солнечное затмение**. На месте погасшего светила виден чёрный диск, окружённый серебристо-жемчужным сиянием – короной.

«Чёрное солнце» пугало людей. У древних народов существовало поверье, что во время затмения некое злое чудовище пожирает Солнце.

Сегодня у нас есть объяснение того, почему Солнце вдруг скрывается средь бела дня. Луна вращается вокруг Земли, а Земля – вокруг Солнца, все три тела иногда выстраиваются на одной прямой. При этом Луна закрывает от нас Солнце.

Хоть Луна (в диаметре) в 400 раз меньше Солнца, но она в 400 раз ближе него, поэтому на небе Солнце и Луна кажутся одинаковыми, их размеры совпадают. И Луна может закрыть солнечный диск полностью.

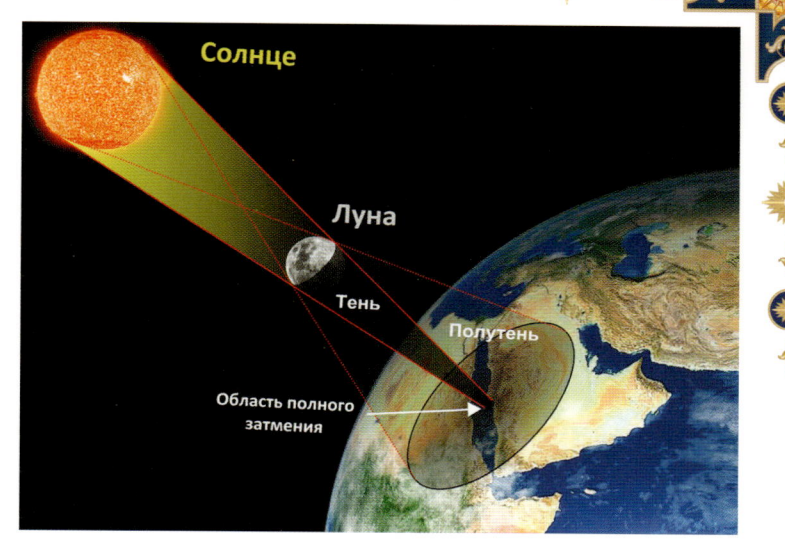

● Полное солнечное затмение – редкое явление. Частичные же затмения происходят довольно часто – в этом случае Луна закрывает только часть солнечного диска и Солнце имеет вид серпа.

● Сразу после затмения может вспыхнуть большой солнечный луч, блистающий, как алмаз в кольце. Этот поразительный эффект называют **алмазное кольцо.**

● Солнечные затмения периодически повторяются. Первыми закономерность в солнечных затмениях обнаружили вавилоняне. Когда Земля 19 раз обернётся вокруг Солнца, а Луна – 223 раза вокруг Земли, затмение точно определённого типа повторится заново. Так что затмение можно с уверенностью предсказать. Астрономы знают, что за год может произойти самое большее семь затмений – пять солнечных и два лунных или четыре солнечных и три лунных. Но такие годы довольно редки, обычно затмения происходят один или два раза в год. Но каждое из них видно только в какой-то определённой точке земного шара, куда съезжаются тысячи людей, чтобы полюбоваться величественным зрелищем.

Старинная гравюра.

Внимание!
Никогда не смотри на Солнце, и тем более во время затмения! Солнце настолько яркое, что можно очень серьёзно повредить себе зрение и даже совершенно ослепнуть. Наблюдать затмение можно только через специальные защитные очки.

Планеты

Есть светила, у которых нет постоянного места на небе: они блуждают среди звёзд. Это **планеты** (слово происходит от греческого *planetes* – блуждающий). Планеты отличаются от звёзд. Если звёзды – это огромные сверхгорячие шары, внутри которых зарождается звёздный свет, то планеты – холодные небесные тела. Они не излучают свет, а лишь отражают тот, что пришёл от их главной звезды – Солнца. Планеты всего лишь спутники звёзд. Эти тёмные шары невелики: они не могут превышать одну сотую массы Солнца. Если масса будет больше, то в центре планеты возникнет огромное давление, температура возрастёт до миллиона градусов, начнутся атомные реакции и небесное тело станет светящимся, то есть звездой. Во Вселенной всё находится в постоянном движении. Планеты, словно волчки, кружатся вокруг своей оси – воображаемой прямой линии, соединяющей её Северный и Южный полюса. Один такой оборот называется **планетарным днём**. Помимо вращения, каждая планета движется по своей орбите вокруг Солнца. Чем дальше планета от Солнца, тем длиннее её орбита. Полный оборот планеты вокруг Солнца называется **планетарным годом**. На разных планетах продолжительность года и дня разная.

Вокруг самих планет вращаются по собственным орбитам такие небесные тела, как спутники. К примеру, Землю сопровождает Луна. Естественные **спутники** есть у всех планет Солнечной системы, кроме Меркурия и Венеры.

Хотите определить свой вес на разных планетах? Сначала определите свой вес с помощью весов, а потом умножьте его на относительную по сравнению с Землёй гравитацию планеты: Меркурий – 0,38; Марс – 0,38; Сатурн – 1,08; Нептун – 1,19; Венера – 0,91; Юпитер – 2,54; Уран – 0,91; Плутон – 0,06. Если трудно сделать это самим, попросите родителей помочь.

Астрологи наблюдают за движением планет. XIV в.

Изображение планет в средние века

Античные астрономы называли «блуждающими звёздами» планеты: Меркурий, Венеру, Марс, Юпитер и Сатурн. Ведь именно они видны с Земли невооружённым глазом.

Уран и Нептун были открыты гораздо позже (в 1741 году и в 1846 году) благодаря телескопам. Кроме планет, «два великих светоча» – Луна и Солнце – призваны были руководить миром Земли.

Венера

Юпитер

Луна

Солнце

Сатурн

Марс

Меркурий

Семь планетарных божеств выступали в роли управления 7 дней недели и дали им свои имена:

Dies Solla (день Солнца)
Dies Lunae (день Луны)
Dies Martis (день Марса)
Dies Mercurii (день Меркурия)
Dies Jovis (день Юпитера)
Dies Veneris (день Венеры)
Dies Saturni (день Сатурна)

Меркурий

Самая близкая к Солнцу планета получила своё имя в честь быстроногого древнеримского бога Меркурия. Она вращается вокруг Солнца с огромной скоростью – 48 километров в секунду. Меркурия считали богом скорости, богом ремёсел и торговли (merx – «товар»). В руках у него кадуцей – волшебный жезл, обвитый двумя змеями, на голове у него крылатый шлем, на ногах – крылатые сандалии, которые в мгновение ока переносили Меркурия в дальние уголки земли. Он был вестником богов.

Венера

Планета Венера носит имя прекрасной богини любви и красоты. Являясь самой яркой на небосводе, она затмевает своим блеском все звёзды. С Земли Венера кажется сияющей звездой, появляющейся в лучах вечерней или утренней зари.

В Древней Греции звезду называли «Геспер», в Древнем Риме – «Веспер», что означает «вечер». У этого светила были и другие имена. Древние греки называли его *Фосфорос* (несущий свет) или *Эосфор* (предвещающий зарю), а римляне – *Люцифер* (светонесущий).

Почему Венера такая яркая? Во-первых, Солнце освещает её вдвое сильнее, чем Землю. Во-вторых, Венера окутана пеленой густых облаков, которые, как зеркало, отражают солнечные лучи.

Земля

Название нашей родной Земли в переводе с древнеславянского означает «пол, низ, поверхность». А от её греческого имени Гея произошли такие известные всем слова, как география, геология, геометрия.

Земля поистине уникальна. Она расположена достаточно далеко от Солнца, чтобы его излучение не было опасным, и в то же время настолько близко к светилу, чтобы сюда поступало много тепла. Поэтому вода, без которой невозможна жизнь, здесь может находиться в жидком виде, а не только в виде льда или пара.

Гея – великая Мать-Земля, дарующая жизнь всему, что существует в мире.

Ни на какой другой планете Солнечной системы нет морей и океанов, нет пригодного для дыхания воздуха, а также температуры, подходящей для существования людей, растений, животных. Нигде больше в Солнечной системе не обнаружено жизни, а наша планета обитаема уже много миллионов лет. У неё есть естественный спутник – Луна.

На снимках из космоса Земля похожа на голубой шар с белыми разводами. Голубой цвет даёт вода, покрывающая большую часть поверхности нашей планеты, а белый – облака в земной атмосфере, которые подобно одеялу окутывают Землю, защищая её от губительного солнечного излучения и метеоритов.

Изобилие и богатство даруют людям благодатный «Союз Земли и Воды». Картина П. Рубенса.

Луна

Богиня Луны Селена (от слова «селас» — лучистая) — сестра Гелиоса, прекрасная девушка с лунным серпом на белом лбу, в сверкающих одеждах. Мчится она по ночному небу на блестящих конях, ведёт за собой звёзды.

При появлении Селены беспокойство охватывает моря и океаны, и они катят свои волны на берег. Начинается прилив. Прекрасная богиня волнует и людские души, она дарит вдохновение стихотворцам.

🌙 Нам кажется, что Луна светится, но на самом деле она лишь отражает солнечный свет. По мере того, как Луна движется вокруг Земли, освещённая Солнцем часть её поверхности открывается нам под разным углом. Поэтому кажется, что Луна всё время меняет форму. Кажущиеся изменения формы луны называются фазами.

Вот некоторые из них:

🌙 Можно безошибочно определить молодой месяц или старый:

Ɔ Растущий   С Старый

Этим правилом можно пользоваться только в Северном полушарии. Для Южного — всё наоборот.

🌙 На экваторе месяц похож на лодочку.
🌙 С Земли мы можем наблюдать только одну сторону Луны.
🌙 Поверхность Луны нагревается днём до +130°С, а ночью остывает до -190°С.
🌙 Сутки на Луне длятся столько же, сколько земной месяц. Примерно 15 дней — день и 15 — ночь.
🌙 Луна — единственное небесное тело, на котором побывали люди!

Миниатюра из средневекового манускрипта.

Забавные фото с луной

Марс

Планету, получившую имя грозного бога войны, легко различить на звёздном небе: она зловеще красного цвета. Марс вызывает изумление и страх у всех, кто его наблюдает, потому что его появление связано с убийствами и враждой. Кровожадный бог носится по полям сражений, неся горе, смерть и разрушения. Только жестокие битвы радуют железное сердце Марса. Повсюду его сопровождают сыновья: Фобос (по-гречески значит «Страх») и Деймос («Ужас») - подходящие спутники бога войны. Именно поэтому спутники планеты носят такие же имена.

Юпитер

Самая большая планета солнечной системы названа в честь верховного бога Олимпа, повелителя молний. Юпитер — верховный бог, олицетворяющий торжество жизненной силы и божественное правосудие. Он хранит порядок в мире, посылает людям как счастье, так и горе.

Юпитеру издавна отводилась главная роль среди планет. За свою необычную яркость, гигантские размеры и медленное, величавое движение среди звёзд он получил звание «царь среди планет».

Он собрал вокруг себя много спутников – свыше 67! Сложилась традиция давать спутникам Юпитера имена мифологических существ, к которым царь богов и людей испытывал особую благосклонность.

Сатурн

Бог Сатурн - повелитель времени. Это означало, что благодаря ему идёт отсчёт срока жизни, сменяются времена года, растут и плодоносят деревья и травы. Имя Сатурна образовано от слов: «сат» (сеять, семя) и «урна» (вместилище). Считалось, что именно бог Сатурн научил людей земледелию и виноградарству. В руках бога было всё – от рождения до смерти. Он мог и зародить зерно жизни и срубить цветущее дерево. Атрибутом бога является серп, символ, напоминающий, что всему на свете приходит конец. Сатурн – самая красивая планета из семьи Солнца благодаря системе из ярких широких колец. Все они состоят из кусочков льда и обледеневших камней. Размер этих частиц может быть разным: встречаются как крохотные песчинки, так и глыбы величиной с грузовик или дом. Плотность этого газового гиганта меньше плотности воды, так что если бы Сатурн был помещён в исполинский океан, он стал бы плавать!

Уран

Бог неба Уран принадлежит к самому древнему поколению богов. Он первым стал править миром. Это дедушка Юпитера. Он наделён высшей мудростью, олицетворяет гармонию космоса. Вместе со своей женой Геей он сотворил всё, что мы видим вокруг себя – горы и моря, океаны, леса и равнины…

Уран – небесно-голубой гигант. Он уникален, так как, в отличие от других планет, перемещается вокруг Солнца как бы «лёжа на боку». У Урана много спутников. Интересно, что во всей Солнечной системе только у Урана спутники названы именами шекспировских героев.

Нептун

Бог Нептун правит морской стихией. Океаны, моря, реки и озёра – всё подчинено грозному владыке. Если разгневается Нептун, поднимет свой трезубец, вмиг вздымаются высокие волны, бушует морская стихия, тонут корабли, гибнут люди, смываются с лица земли целые города.

На планете Нептун также бушуют ураганы и дуют самые сильные ветры во всей Солнечной системе. Их скорость достигает 2000 км/час. Они смешивают атмосферу Нептуна. Поэтому на всей поверхности планеты одинаковая температура - минус 200ºС.

Плутон

Карликовая планета названа в честь Плутона – брата могущественного Юпитера. Плутон правит царством мёртвых. Это беспросветное, мрачное, безжизненное царство. До планеты Плутон уже не доходят лучи Солнца. Здесь царит непроглядная тьма и жуткий холод, как и во владениях подземного бога. Температура на планете - минус 230ºС.

Долгое время Плутон считался планетой Солнечной системы, но совсем недавно астрономы перевели его в категорию «карликовых планет».

Что дальше?

Каждый человек может любоваться загадочным мерцанием звёзд на ночном небе. Но никто не знает подлинную природу этих светил.

Когда мы всматриваемся в звёздное небо, неизбежно возникают вопросы: **Кто зажёг звёзды? Как давно они появились? Насколько далеко простирается Вселенная? А что там, дальше звёзд?**

Пределов Вселенной не знает никто. Астрономы с помощью современных телескопов с каждым годом всё дальше и дальше продвигаются и заглядывают в глубины Вселенной. Неведомые миры предстают перед ними.

Гений - это лишь 1 %

Школа

Основана 8 февраля 1989 года.

Айк

Ярослава

Людмила

Дарья

Виктория

таланта и 99 % трудолюбия

Гениев

Эвелина

Александр

Ксения

Владимир

В школе создана уникальная программа обучения самых маленьких детей, охватывающая области знаний от первых букв до глубин космоса. Результаты восхищают!
Обучаем чтению с 2х лет – развиваем речь, логопедические занятия, читаем большими объёмами.
Математика – устный счёт, решение задач любой сложности, подготовка к Олимпиадам.
Программа по письму – развиваем моторику, формируем каллиграфический почерк, изложения, сочинения, творческие работы, диктанты.
Мифология. Астрономия. Актёрское мастерство.
Обучение без домашних заданий.
Телефон 8 (495) 570-06-46. Метро Речной вокзал.
Принимаются все дети с 2 лет без экзаменов, анкет и тестирования.
Занятия 2 раза в неделю по 2 часа.

ВОПРОС – ОТВЕТ

Уважаемые родители!
Если Вы захотите узнать, как Ваш ребёнок усвоил материал по звёздным мифам, задайте ему эти вопросы. Для проверки в скобках даны ответы.

1. Где, по греческой мифологии, жили боги? (На Олимпе)
2. Как зовут самого главного бога в греческой мифологии? (Зевс, Юпитер у римлян)
3. Как зовут его жену? (Гера. Юнона у римлян)
4. Кто держит на своих плечах звёздное небо? (Атлант)
5. Почему один из величайших океанов называется Атлантическим? (В честь титана Атланта. Именно там, по представлениям древних греков, стоял Атлант)
6. Почему карты называются «Атласами»? (В честь Атланта. На обложках старинных карт был изображён Атлант, держащий небо)
7. Сколько дочерей у Атланта? Как их называют? (Семь дочерей - Плеяды)
8. Кто из сыновей Зевса, находясь ещё в колыбели, задушил двух огромных змей? (Геракл, Геркулес у римлян)
9. Кого встретил Геракл в юности, когда отправился по свету? (Двух женщин: Изнеженность и Добродетель)
10. Что предложила Гераклу Изнеженность? (Сладкую, лёгкую жизнь, полную удовольствия и безделья)
11. Что предложила Гераклу Добродетель? (Жизнь полную подвигов для счастья людей)
12. Кого послушал Геракл? (Добродетель)
13. Как мы узнали, что Геракл избрал путь, предложенный Добродетелью? (Он совершил много подвигов, поэтому мы его до сих пор помним. До нас дошли мифы о его героизме, мозаики древности, рисунки на вазах, скульптуры)
14. А если бы Геракл выбрал путь, который предложила Изнеженность, мы бы узнали о нём? (Нет, тот, кто лежит на диване и ничего не делает, никому не интересен)
15. Кто такой Немейский Лев? (Это чудовище, которое пожирало всех вокруг)
16. Что сделал Геракл со шкурой Немейского Льва, когда победил чудовище? (Он снял со Льва шкуру и надел на себя. Она всегда его защищала)
17. Кто такая Гидра? (Это чудовище с туловищем змеи и девятью головами дракона)
18. Кто помог Гераклу победить Гидру? (Его друг Иолай. Он поджёг рощу и прижигал горящими деревьями Гидре те места, где были отрублены головы)
19. Кто напал на Геракла, когда он боролся с Гидрой? (Огромный Рак)
20. В каком саду росли яблоки вечной молодости? (В саду Гесперид)
21. Кто стерёг яблоки в саду Гесперид? (Дракон Ладон)
22. Кто помог Гераклу достать яблоки из сада Гесперид? (Атлант)
23. Что пришлось делать Гераклу в это время? (Держать небесный свод)
24. Кто такие кентавры? (Это полулюди, полукони – мифические существа)
25. Кто такой кентавр Хирон? (Это самый мудрый кентавр. Он был настолько умён, что боги отдавали ему своих детей на воспитание)
26. Сколько всего кентавров на небе? (Два. Это созвездие Центавр – мудрый кентавр Хирон, и созвездие Стрелец – злобный кентавр Несс)
27. Как зовут красавицу, которую полюбил Зевс, а Гера за это превратила её в страшную медведицу? (Каллисто)

28. Как зовут богиню охоты, в свите которой была Каллисто? (Артемида, Диана у римлян)
29. Как звали сына Каллисто? (Аркад)
30. Что означает его имя? (Счастливый)
31. Каким созвездием стал Аркад? (Волопас)
32. Кто помогает Волопасу пасти звёздные стада? (Гончие Псы)
33. В какое созвездие превратил Зевс медведицу Каллисто? (В Большую Медведицу)
34. А её любимую служанку? (В Малую Медведицу)
35. Какая знаменитая звезда входит в созвездие Малая Медведица? (Полярная звезда)
36. По каким звёздам Большой Медведицы в старину определяли зрение будущих воинов? (Мицар и Алькор)
37. В кого превратился Зевс, чтобы встретиться с красавицей Ледой? (В лебедя)
38. Как звали детей Зевса и Леды? (Сыновья Кастор и Поллукс (Полидевк) и дочь Елена Прекрасная)
39. Каким созвездием стали потом Кастор и Поллукс? (Близнецы)
40. В кого превратился Зевс, чтобы встретиться с красавицей Ио? (В облако)
41. Какую птицу называют птицей богини Геры? (Павлина)
42. Чем украшен хвост Павлина? (Глазами стоглазого Аргуса)
43. Кого охранял Аргус? (Прекрасную Ио, которую Зевс превратил в корову, чтобы спасти от ревнивой Геры)
44. В кого превратился Зевс, чтобы похитить красавицу Европу? (В быка с серебряной звездой во лбу)
45. Какое созвездие загорелось в честь этого похищения? (Телец)
46. Что означает имя Европа? (Широкоглазая)
47. Кто такая Медуза Горгона? (Это чудовище, у которой на голове вместо волос были змеи)
48. Какими свойствами обладал взгляд Горгоны? (Кто на неё посмотрит, тот сразу превращается в камень)
49. Кто победил Медузу Горгону? (Персей)
50. Куда смотрел Персей, когда отрубал голову Медузе Горгоне? (В щит, чтобы не окаменеть)
51. Как называется конь с крыльями? (Пегас)
52. Откуда он появился? (Из Медузы Горгоны)
53. Кого ещё освободил Персей? (Андромеду)
54. Как звали маму Андромеды? (Кассиопея)
55. Как звали отца Андромеды? (Царь Цефей)
56. От кого Персей спас Андромеду? (От морского чудовища, которое называлось Кит)
57. Это настоящий кит? (Нет. В старину морских чудовищ огромных размеров называли Кит)
58. Кто такая Химера? (Всё пожирающее чудовище, состоящее из льва, козы и змеи)
59. Кто победил Химеру? (Беллерофонт на крылатом коне Пегасе)
60. Что дал людям Прометей? (Прометей похитил божественный огонь с Олимпа и подарил его людям)
61. Как Зевс покарал Прометея? (Зевс приказал приковать Прометея к скале. Каждый день прилетал Орёл и клевал печень у Прометея. За ночь печень вырастала вновь. А утром все мучения возобновлялись)

62. Какое украшение носят люди в память о подвиге Прометея? И почему? (Зевс поклялся, что Прометей будет навечно прикован к скале. Чтобы не нарушалась клятва бога, Прометей оставил на пальце звено цепи с кусочком от скалы, к которой был прикован. С тех пор люди носят кольца с камнями в память о Прометее)
63. Какие века жизни человечества вы знаете? (Золотой, Серебряный, Медный, Железный.)
64. Кто из богов спустился с Олимпа на Землю к людям, чтобы посмотреть, как они живут? (Зевс)
65. Кто последним из бессмертных богов покинул Землю? (Дева Астрея)
66. Каким созвездием стала Астрея? (Она стала созвездием ДЕВА)
67. Каким образом решил Зевс истребить нечестивое человечество? (Он посылает на Землю обильный дождь – Всемирный потоп)
68. Какое созвездие загорается на небе в память о Всемирном потопе? (Водолей)
69. Что значит «Золотое руно»? (Шкура золотого барана)
70. На каком корабле отправились греки за «Золотым руном»? («Арго»)
71. Как они себя называли? (Аргонавты)
72. Кто был предводителем аргонавтов? (Ясон)
73. Что такое «Симплегады»? (Это две движущиеся скалы. Постоянно – то сдвигаются, то расходятся. Никто из смертных ещё не проходил между Симплегадами)
74. Удалось ли аргонавтам проплыть между Симплегадами? (Да, но они вначале пустили голубя)
75. Кто такие гарпии? (Хищные чудовища с головой женщины и телом птицы)
76. Кто помог Ясону получить Золотое руно? (Дочь Колхидского царя – Медея)
77. Как зовут бога – повелителя морей? (Посейдон, Нептун у римлян)
78. Как зовут жену морского бога Посейдона? (Амфитрита)
79. Почему звёздное небо украшает морское игривое существо дельфин? (Дельфин помог богу моря Посейдону отыскать будущую жену Амфитриту)
80. Что такое «квадрига»? (Это повозка, запряжённая четырьмя лошадьми)
81. Почему она так называется? (В названии звучит цифра – 4. Слово «квадрига» - родственно со словами: «квартет» - 4 музыканта, «квадрат» - 4 стороны, 4 угла)
82. Кто изобрел квадригу? (Царь Эрихтоний)
83. Почему один из прекраснейших городов мира, столица Греции, носит имя богини Афины? (Афина выиграла спор с Посейдоном, предложив оливковое дерево, чтобы помочь человечеству)
84. Что предложил для человечества Посейдон? (Коня)
85. Каким созвездием стал этот конь? (Малый Конь)
86. Почему вороны из серебристо-белых стали чёрными? (Ворон не выполнил поручение Аполлона, не принёс ему Чашу с водой)
87. Как звали сына Аполлона, который потом стал созвездием Змееносец? (Асклепий или Эскулап)
88. Чем прославился Асклепий? (Он был великий врачеватель)

89. Как звали дочерей великого врачевателя Асклепия и что означают их имена? (Гигиея – дала своё имя науке о чистоте – Гигиене. Панацея – так называют лекарство от всех болезней)
90. Как называется получеловек – полубык? (Минотавр)
91. Где жил Минотавр? (В Лабиринте, на острове Крит)
92. Кто победил Минотавра? (Тесей)
93. Кто ему помог и чем? (Ариадна, дочь царя Миноса. Она вручила Тесею клубок нитей и кинжал. Герой убил Минотавра и с помощью нити, прикреплённой к входу, сумел выбраться из Лабиринта)
94. Какую награду получила Ариадна за помощь Тесею? (Корону из жемчуга)
95. Каким созвездием стал этот подарок? (Северная Корона)
96. Почему море называется Эгейским? (Эгей ожидал своего сына на берегу моря. Но Тесей забыл заменить чёрный парус на белый. И Эгей решил, что его сын погиб. С горя он бросился в море. С тех самых пор это море называется Эгейским)
97. Что означает выражение «Путеводная нить Ариадны»? (Это выход из трудного, запутанного положения)
98. Сколько лет продолжалось путешествие Одиссея? (20 лет)
99. Кто такие циклопы? (Одноглазые великаны)
100. Как хитроумный Одиссей обманул циклопа Полифема? (Одиссей напоил циклопа Полифема вином. И когда тот заснул, Одиссей выколол ему единственный глаз)
101. Кто такие сирены? (Морские сладкоголосые существа с рыбьими хвостами. Своим удивительным пением они завлекают моряков, и те погибают)
102. Как удалось Одиссею избежать плена сирен? (Одиссей приказал морякам залепить уши воском, чтобы они не услышали пения сирен. А себя повелел привязать к мачте)
103. Какое прозвище получил Одиссей за свой ум и смекалку? (Хитроумный)
104. Кто узнал Одиссея после долгого странствования? (Его собака)
105. В какое созвездие боги превратили собаку Одиссея за преданность? (Малый Пёс)
106. Какое созвездие загорелось на небе в память о великолепном певце Орфее? (Лира)
107. Как звали жену Орфея, из-за которой он спустился в царство мёртвых? (Эвридика)
108. Кто поместил зайца на звёздное небо? (Гермес. Самый быстроногий из богов, он был восхищён проворностью и скоростью бега зайца)
109. Как звали греческого скульптора, создавшего прекраснейшую статую женщины? (Пигмалион)
110. Как Пигмалион назвал свою статую? (Галатея)
111. Кто оживил статую? (Богиня любви Афродита)
112. Какое созвездие сияет на ночном небе в честь мастеров скульптуры? (Скульптор)
113. Назови все созвездия звёздного неба. (88 созвездий, названия указаны в содержании)

Содержание

- 3 Часы
- 16 Южный Крест
- 24 Треугольник. Южный Треугольник
- 28 Волосы Вероники
- 30 Голубь
- 34 Единорог
- 38 Золотая Рыба. Сетка
- 42 Секстант. Октант
- 44 Индеец
- 46 Райская птица. Тукан
- 50 Жираф
- 52 Малый Лев
- 56 Лисичка. Рысь
- 58 Хамелеон
- 60 Ящерица
- 62 Южная Гидра. Муха
- 64 Журавль
- 66 Наугольник
- 68 Щит
- 70 Столовая Гора
- 72 Телескоп. Микроскоп
- 76 Насос
- 78 Печь
- 84 Резец
- 88 Урания
- 90 Звездочёты Древности
- 96 Карты звёздного неба
- 98 Созвездия в небе и на картах
- 100 Звёздные атласы
- 102 Куда смотрят львы?
- 104 Звёздные глобусы
- 106 Яркость звёзд
- 108 Цвет звёзд
- 110 Космические расстояния
- 112 Движение звёзд
- 118 Зодиакальные созвездия
- 119 Астрология
- 124 Исчезнувшие созвездия
- 126 Астеризмы
- 127 Интересное о звёздах
- 132 Кометы – «хвостатые» звёзды
- 134 Падающие звёзды
- 138 Древние миры
- 140 Вселенная Средневековья
- 142 Гармония науки и искусства
- 144 Системы мироздания
- 146 Солнечная система
- 148 Солнце
- 152 Планеты
- 164 Вопрос - ответ

Уроки Школы Гениев. Серия основана в 2004 году

Елена Николаевна Бахтина

КНИГА ЗВЁЗД Часть 2

Бахтина Е.Н. Книга Звёзд: в 2 частях. Книга для чтения взрослыми детям. М., «Школа Гениев» - 2016 – часть 2. -168 с. ил. – («Уроки Школы Гениев»)

Главный редактор Алла Бахтина.
Технические редакторы Сергей Бахтин и Екатерина Бахтина.
Дизайн и вёрстка Татьяна Троицкая art-dir@yandex.ru
Корректоры: Ирина Давыдова, Елена Раскина.

Издательство выражает благодарность Баранову Даниилу - ученику «Школы Гениев» за помощь в редактировании текста по астрономии.

ООО Издательство «Школа Гениев».
125009, Москва, ул. Тверская 7 а/я 7.
+7 (495) 570-06-46   +7 (495) 570-62-46   +7 (495) 767-80-69
www.geniusesschool.ru
elena-bahtina@inbox.ru
geniusesschool@mail.ru
Группа «Школа Гениев» в социальных сетях:

Полный ассортимент книг издательства «Школа Гениев»
125009 г. Москва, ул. Тверская, дом 8, стр. 1
Торговый Дом Книги «Москва»
Тел. +7 (495) 629-73-55
По вопросам реализации обращаться
+7 (495) 570-06-46   +7(916) 264-40-77
+7 (495) 767-80-69   +7 (968) 838-77-64

Подписано в печать 05.09.2016 Формат 60х90 1/8
Бумага мелованная. Гарнитура «Ариал». Печать офсетная
Усл. печ. л. 15,0. Тираж 3 000 экз. Заказ № 112355

Отпечатано: SIA "PNB Print"
«Янсили», Силакрогс, Ропажский район,
Латвия, LV-2133
www.pnbprint.eu

Ни одна часть этой книги не может быть воспроизведена в любой форме и любым способом без предварительного письменного согласия издательства. Право на издание книги принадлежит только издательству «Школа Гениев».

COELI CHRISTI SPHÆRIUM